싹싹하진 않아도
충분히 잘 하고 있습니다

싹싹하진 않아도
충분히 잘 하고 있습니다

글_이현진

싹싹하지 말자

욕먹고 살아온 덕에 알게 된 30대 후반의 이야기들

30대 후반전,
그 깊은 골짜기에서

요즘 10대들의 꿈은 유튜브 크리에이터나 건물주라고 한다. 어쩜 그리 현실적이고 다양할까? 나의 10대 시절엔 스마트한 세상이 아니어서였는지 지금 생각해보면 제한되고 선별된 정보 속에서 획일적인 꿈을 꿨던 것 같다. 딱히 꿈이라 부를 만한 것이 없었던 그때의 소망들은 황망하리만치 순수했다.

나는 자연스럽게 서른이 되면 누구나 목에 출입증을 걸고 높은 빌딩으로 출근하며 월급 500만 원을 버는 줄로만 알았다. 새 기계를 장만해도 어느 정도 배터리가 채워져 있는 것처럼 일단 이 세상에 태어나 살게 된 사람에게는 누구나 자신의 인생을 스스로 책임질 만큼은 기본값의 삶이 준비되어 있다고 생각했다.

대학에 가기만 하면 다 된다고 했지 그 이후 시작되는 '본격적으로 책임지는 삶'에 대해, '수습하는 삶'에 대해 그 누구도 제대로 설명해 준 사람이 없었다. "꿈이 없으면 신림동에 있는 대학을 졸업해 대기업에라도 가야 사람대접받으며 살 수 있는 세상이야"라고 인과관계에 충실한 설명이라도 누군가 나에게 해 주었더라면 앞으로 펼쳐질 내 삶의 수많은 부조리에 조금쯤 의연하게 대처할 수 있었을까?

부딪히고 깨지고 다치고 아물기를 반복하면서 삼십 대를 거의 보낸 나는 아직도 황망함에 몸서리를 친다. 나이 마흔을 앞두고 진로 고민이라니, 정말로 이럴 줄은 몰랐다. 회사와 삶, 어느 것 하나에도 확신이 생기지 않았다. 내가 뭘 원하는지도 모른 채 거대한 존재에 의해 질질 끌려오다 어디인지 모르는 곳에 버려진 기분, 딱 그런 기분이었다. 대학을 졸업한 후의 "어떻게 살지?"라는 질문은 세상을 제대로 관망할 수 있는 높은 곳에서의 두리번거림이라면 마흔을 앞둔 이의 "어떻게 살지?"라는 질문은 광활한 세계의 어느 깊은 밤, 넋 놓고 앉은 흙바닥에서의 두리번거림 같았다.

그 어두운 흙바닥 속에서 억지로 눈 부릅뜨고 두리번거리다가 어둠에 익숙해질 무렵 서서히 드러난 실루엣들이 있었다. 나 혼자라고 생각했던 그 넓은 흙바닥 여기저기에 어둠 속을 더듬는 누군가가 존재했다. 각각의 삶에서 고군분투하며 여기까지 왔을 외로운 이들이 곳곳에서 서로를 응시했다. 우리는 눈으로 말한다.

'알아 알아, 말 안 해도 내가 네 맘 다 알아.'

말하지 않아도 내 삶이 힘든 만큼 타인도 힘들게 고군분투해왔다는 걸 알게 되는 나이가 된 것이다.

수많은 이해 불가 영역을 버텨내고 살아내도 문득문득 불행했다. SNS에 행복은 넘쳐나고 친구도 많은데 수시로 외로웠다. 있어도 불행하고 말해도 외로운 데 있다가도 없고 말 못할 때도 있는 게 삶이다. 그래서 우리는 고민하고 소망한다. 나의 행복에 대해서.

틀에 맞춰진 대한민국 행복 리스트를 따라가다 찢어진 가랑이와 병든 몸과 마음만 남은 것 같은 나와 나에게 공감하는 사람들이 여간 안쓰러운 게 아니다. 스무 살 처음 마주했던 그것하고는 비교도 안 되게 막막하고 무거워진 삶을 정면으로 마주해 매우 두렵다. 그럼에도불구하고 이제야 진심으로 나와 내 삶에 대해 제대로 정면 돌파해 보려고 한다.

나를 비롯해 이제 청춘이라 부르기엔 조금 애매한 나이인 당신들을 진심으로 응원하고 싶다. 늘 끝이라고 생각했던 것들이 조금만 지나고 보면 시작조차도 아니었음을 이제는 알기에. 인생은 계속 흘러갈 것이기에.

나의 바람은 누군가에게 이 책으로나마 혼자가 아닌 기분을 느끼게 해주었으면 하는 것이다. 내 맘 알아주는 사람 하나 있으면 그래도 지루한 일상 버텨낼 힘이 생기지 않는가? 그래서 지금 조금 지쳤고, 사소한 것들에 시들해진 당신이 조금 기운이 났으면 한다. 혹시 기회가 된다면 눈 마주치고 눈으로 말해주고 싶다.

"알아, 내가 네 마음 알아."

누군가의 한숨과 생각 사이에서 읽힐 이야기들을 무사히 마감하게 되어 감사하고 기쁘다. 부디 그들의 마음속에서 소화제가 되어 낱말마다 시원하게 마음속을 통과하기를 바란다. 나처럼 힘들었던 마음에 약처럼 뿌려져 누군가의 아무것도 아닌 일상이 각자에게 소중하고 애틋해지기를 바란다. 진짜다.

1장

내가 이상한 거야?

나를 괴롭히는

끊임없는

복병들

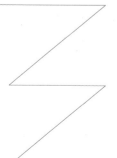

도망치는거 아니고 퇴사하는거야

회사와 적절한 거리를 두고 나니 혼자 키워오던 사람에 대한
경멸과 분노가 급속도로 누그러졌다. 나 하나를 두고
틀렸다고 비아냥거리는 사람이 없다는 것만으로도
행복하다는 생각이 들었다.

도망치는 거
아니고
퇴사하는 거야

도피해서 이직 한번, 고민해서 이직 두 번, 반성하며 이직 세 번, 내려놓고 이직 네 번. 마지막으로 무슨 일이 생기든 한 번 버텨보자, 하고 다시 한번 회사에 입사했다. 직원이 많지 않으면서 배울 것이 있고 야근이 당연하지 않은 곳. 그거면 됐다고 생각해 작은 디자인 에이전시를 선택했다. 이제 회사생활에 이골이 나서 회사에서는 최대한 사생활을 공유하지 않는 선에서 잘 지내려고 노력했다. 나에게 직장이란 일 이외의 것에는 그 무엇도 참견하지 않으며 돈을 버는 장소라는 것 외에는 어떤 의미도 필요치 않은 곳, 일만 잘하면 되는 곳이라 생각했다. 이 냉소적인 몇 가지 생각들이 내 마지막 회사생활의 버팀목이었다.

그렇게 1년여가 흘렀다. 나름대로 회사 사람들과도 정이 들었다고 생각했고, 일도 익숙해졌으며 나는 내 일을 좋아했기 때문에 큰 불만이 없었다. 그런데 나와 친했던 팀원이 퇴사하면서 문제가 생겼다. 퇴사한 팀원의 말에 따르면, 몇몇 직원들이 나 하나를 두고 따돌림과 같은 일이 벌어지고 있었고 나의 퇴사를 종용했다는 것이다.

나는 기분이 나쁘기 이전에 "사람이 너무 싫으면 경멸의 단계가 되는 것 같아요"라는 사회 초년생의 입에서 나오는 그 말이 너무 슬펐다. 한참이나 더 미뤄도 될 경멸의 기분을 벌써 알게 된다니, 그들이 무슨 짓을 한 걸까? 심지어 이런 사실을 회사에 알리고 잘못된 걸 바로잡으시라고, 필요하면 자기가 증인까지 되어 주겠다고 했다.

남한테 상처 안주고 '또라이'가 되지 않기 위해 노력하며,

훌륭하진 못해도 아랫사람을 위해 말 한마디 해줄 수 있는 팀장이 되려고 매번 무너지고 울면서 악으로 깡으로 버텨온 회사생활의 결과가 결국 따돌림의 대상이라니...

한 시간의 퇴근길. 지하철 한쪽에 앉아 생각해보니 기가 막히고 억울해서 눈물이 줄줄 흘렀다. 일 할 때는 똑 부러지게 하려고 노력하지만 누가 시비라도 걸어 온다면 심장부터 나대는 나였다. 아무리 생각해도 별일 아닌 게 아니었다. 겨우 이런 꼴 보자고 내가 지금까지 버텨온 건지, 자존심 상하고 억울해서 지하철에 앉은 채로 50분을 내리 울었다.

그리고 그 팀원은 퇴사했고, 나는 이틀간 생각이라는 걸 해보았다. 도대체 내가 잘못한 게 뭘까, 나도 모르게 그들에게 상처를 줬나, 1년을 같이 일했는데 겨우 그런 식으로 나를 대해 왔던 건가, 일말의 정은 없나…. 머릿속이 복잡했다. 그 사실을 알게 되니 그 직원들이 나에게만 업무정보를 공유하지 않고, 밥 먹는 장소를 알려주지 않는 등의 유치한 행동들이 보이기 시작했다. 그리고 보니 그간 이유 없이 틱틱대는 세 사람의 행동이 퍼즐 조각처럼 맞춰졌다. 나 하나를 두고 뒷말을 하는 느낌, 내가 오면 끊어지는 대화, 한순간도 그곳에 있고 싶지 않았다. 겨우 9명이 전부인 회사에서조차 파벌을 만들다니 기가 막혔다.

며칠이 지나니 생각이 명료해졌고 부장님께 이런 사실들을 알렸다. 더 이상 저들과 함께 일하지 못하겠고, 싸우지도 못하겠으니 내가 나가겠다고 말씀 드렸다. 그런데 부장님은 그런 문제들이 예전부터 고질적으로 있어왔고 심지어 그 무리 중 한 명은 실력 문제로 퇴사권유를 받았던 직원인데 내가 그만두는 건 말이 안 된다고 하셨다. 되려 내가 사무실 분위기를 쇄신 시켜주는 역할을 해주기를 바란다고 말씀을 하셨다.

나는 이미 퇴사를 마음먹었지만 부장님께는 2주 정도 시간을 가져보고 그들의 이야기도 들어보라고 말씀드렸다. 내 입장에서도 경력 꽤나 있는 그들이 그랬다면 나에게 다른 문제가 있었는지 생각해 볼만한 문제였다. 무엇보다 그들의 행동에 대한 이유가 듣고 싶었다.

며칠 후 그들이 했던 행동의 이유가 들려왔다. 더욱더 기가 막혔다. 같은 직급의 나보다 나이가 많은 남자 직원의 이야기는 내가 본인의 말을 잘 안 들었다는 것, 어른들이 권하시는 양꼬치에 술 한잔을 두어 번 거절 했다는 게 이유였다.

나보다 낮은 직급의 대리는 내가 퇴사한 팀원에게만 잘해준 것이 이유였고, 그런 개인적인 이유 때문에 회사에서 지급되는 업무비용을 나에게만 지급하지 말 것을 종용하기까지 했다고 했다. 그녀와는 점심시간마다 함께 밥을 먹은 사이라 섭섭한 마음에 "너라도 귀띔을 해주지. 1년이나 함께 지냈는데 그렇게까지 해야 했냐"라고 묻자 자신은 전혀 가담하지 않았다고 핑계를 댈 뿐이었다.

마지막으로 차장님은 나머지 두 명이 나에 대해 나쁜 말만 하니까 그냥 싫어졌다고 했다. 입사 첫날 기억에도 없는 나의 지각을 운운하며 직원 중 가장 많은 지각일수를 달성하신 장본인께서 "그러게 나랑 술이라도 한잔하면서 잘 좀 지내보지 그랬냐"라며 내 탓을 하실 뿐이었다.

사실 그럴듯한 이유가 있기를 바랐다. 내가 사과할만한 일이면 사과를 하고 잘 지내보고 싶다는 생각이 들기도 했었다. 그들이 이유 없이 그런 행동을 할 리가 없지 않은가?

그런데 나를 '따돌린' 이유를 듣고 나니 이건 대화로 해결할만한 일이 아닌 것 같았다. 뒤에서 나에게 지급 되어야 할 몇만 원을 빼돌리고, 회사 물품 하나 자기들 맘대로 놓여있지 않으면 힘없는 막내 직원을 불러 왜 이렇게 되어있냐고 지적질 하는 게 권력인 줄 아는 사람들이었다. 그러면서 막내에게는 불합리한 지시를 하는 이 회사가 잘못돼도 한참 잘못됐다는 생각이 들었다.

그들에게 나는 이방인이었을 뿐이고 그들은 회사의 룰에 대해 제대로 알지 못하는 나의 말이나 행동이 눈엣가시처럼 보였을 것이다. 아닌 걸 아니라고 말하고 자신들의 불합리한 행동에 사사건건 시비라 여겼을 것이다. 이것이 이곳에서의 나의 큰 잘못이었다고 나는 결론을 내렸다. 나는 그들과 달라서 틀린 것이었고, 썩은 물에 들어와 그동안 혼자 깨끗한 척하고 있었다는 생각이 들었다.

이 회사는 내가 있을 곳이 아니라는 확신이 들었다.

과거의 퇴사 경험들을 통해 나는 자꾸 이직하게 되는 문제의 원인을 나에게서만 찾고 있었을 정도로 스트레스에 시달리고 있었다. 그래서 차라리 내가 잘못이라도 했기를 바랐고, 분명 나에게 문제가 있을 거라고 생각했지만 이 마지막 퇴사를 통해 그 원인이 꼭 나에게만 있지 않다는 것을 확신하게 되었다.

퇴사하기 전 부장님은 "왜 도망가려 하냐, 이대로 도망가지 말고 남아서 더 싸우라"고 말했었다. 싸움에도 나쁜 싸움과 좋은 싸움이 있다. 서로를 이롭게 하는 좋은 싸움은 싸워야 할 원인이 명확하고 주제가 매력적이어야 한다고 생각했다. 하지만 납득할만한 이유 없이 불친절하게 굴고 틀렸다고 말하는 비겁한 사람들과는 싸워볼 만하지 않았다. 무엇보다 내 마음에 최초로 생긴 이 커다란 구멍을 메워야만 했다. 제대로 멈추는 시간이 필요하다는 생각이 들었다.

이렇게 또 한 번의 퇴사를 했다.

회사와 적절한 거리를 두고 나니 혼자 키워오던 사람에 대한 경멸과 분노가 급속도로 누그러졌다. 나 하나를 두고 틀렸다고 비아냥거리는 사람이 없다는 것만으로도 행복하다는 생각이 들었다. 마음에 구멍이 있으니 나도 꽤 예민하게 타인의 말을 흡수했던 것 같았다.

예민해진다는 것은 쉬어야 한다는 말이다. 남들보다 많이 쉬어가도 상관없다. 우리는 경주하고 있는 게 아니다. 좀 멈추자, 쉬자. 당분간은 진짜 "휴식"을 취할 예정이다.

생계가
무기도아니고
그만큼휘둘러

생계를 핑계로 남한테 상처는 주지 말아야지.
그런 짓은 하지 말자.
먹고 살기 당신이나 나나 힘든 건 마찬가지일 테니까.

생계가
무기도 아니고
그만 좀 휘둘러

회사원으로서의 나는 "왜 잘 풀리지 않는가?"라는 고민에
만 빠져있었다. 열정은 넘치는데 무슨 일이든 잘 풀리지 않았
고, 실패만을 거듭해 더 이상은 새로운 무언가를 시작할 용기
가 나지 않았다. 이런 나를 누가 사랑해 줄 리 만무했고 진심
으로 기쁜 순간이 생기지 않았다. 누구를 만나도 불평만 하게
되었고, 그래서인지 사람들을 더 만나기 싫었다. 많은 생각과
복잡한 인간관계로 항상 지쳐있었고 그 이유를 합리적으로
변명하기에 바빴다.

지금까지의 회사와 그에 속해있는 사람들은 다시 생각해봐도 정말이지 지옥 같았다. 오너의 기분에 의해 결정되는 부당해고나 성차별은 기본이고 사무실에서 욕과 발길질을 일삼는 동료들, 왕따를 조장하는 차장님, 회사의 비품을 종종 집으로 가져가는 실장님, 수유실이 없어 탕비실에서 번번이 민망했던 대리님, 야근하지 말라면서 '눈치야근'을 조장하는 부사장님, 언제 잘릴지 몰라 사장 앞에서 벌벌 떨던 손들..

비합리에 익숙해져 아래 직급에 있는 사람들을 무시하고 자기합리화에 쩔어 미친 소리를 지식인 양 지껄이는 회사의 붙박이 '또라이'들이 승승장구하는 세상. 그것이 내가 본 중소기업의 아름다운 풍경이었다.

이게 과연 사람 사는 세상인지 지옥인지. 비리와 이간질의 악취가 나고 무능력과 일관적이지 못한 행동으로 칼 같은 권력을 휘두르는 곳에서 어떻게 사람이 행복해질 수 있을까. 행복은커녕 그 칼에 맞지 않기를, 내가 살인자가 되지 않기를, 정신이상자가 되지 않기를 매일 출근 카드를 찍을 때마다 문앞에서 기도하고 빌었다. 그렇게 나는 최선을 다해 도피하고 고민하고 반성해야 했다.

부장이라는 이름으로는 타인의 자존감을 짓밟는 말만 내뱉지만, 자식에게는 다정한 부모일 테고, 대리라는 명함으로는 성차별에 쩔어 여직원들의 기탄의 대상이지만 누군가의 상냥한 남편일 것이다. 직장동료로서는 무능력이라는 짐을 뻔뻔하게 동료에게 지우는 인간이지만 부모님에게는 효성 지극한 자식임을 나는 안다.

하지만 상처받는 타인들도 누군가의 소중한 자식이며 부모라는 걸 왜 모르는지 모르겠다. 자신의 자녀라면, 혹은 자신의 친구라면 감히 할 수 없는 행동들을 어떻게 아무렇지 않게 할 수 있게 되는 걸까?

생계를 핑계로 남한테 상처는 주지 말아야지. 그런 짓은 하지 말자.

먹고 살기 당신이나 나나 힘든 건 마찬가지일 테니까.

관계를 환불하고 싶은 직장동료

인간관계가 돈으로 환산된다면
나는 김대리와의 관계를 환불받고 싶다.

관계를
환불하고 싶은
직장동료

　퇴사를 며칠 앞둔 어느 날 퇴근 무렵 김대리가 5개의 커피숍 이모티콘을 보내왔다. 내 퇴사에 대한 결심에 지대한 공을 세운 그녀였기에 몇 번이나 이름을 확인했다. 수많은 날의 점심시간을 함께한 '커피정'은 있는 건지 어쩐 건지. 아무튼 썩 기분이 좋지만은 않은 의외의 선물이었다.

　살다 보면 당연히 사과할 일도 생기고 때로는 변명도 필요하다. 내가 생각하는 진정한 사과는 나의 입장에 대한 구구절절한 설명보다는 상대방에게 '미안한 마음'을 표현하는 것이 우선이라고 생각한다. 그런데 커피 다섯 잔에 딸려온 본인 입장에 관한 사설이 너무 길어 사과인지 변명인지 헷갈렸다. 하지만 커피는 무슨 죄가 있는가, 마침 약속도 있어 근처 커피숍으로 갔다. 정신이 없어 메시지만 간단히 확인했던 터라 그래도 감사의 인사는 보내야지 하던 찰나 커피숍 직원의 친절한 안내가 들려왔다.

"고객님 환불된 쿠폰입니다."

일단은 너무 웃기고 황당했다. 그리고 그날 김대리 덕분에 이미 선물한 기프티콘이 환불이 가능하다는 것을 처음으로 알게 되었다. 줬다 뺏는 이 정체 모를 행동에 대한 의중이 몹시 궁금했다. 살면서 이런 일을 대체 얼마나 겪을까? 묘하게 기분이 나빴다. 사람을 기분 나쁘게 만드는 여러 가지 방법 중에 노력 대비 효율이 가장 큰 방법이 아닐까 생각했다.

회사에서 김대리의 역할은 젊은 '꼰대'의 표본으로 '종이컵이 놓인 방향' 같은 시답잖은 이유로도 아래 직원을 들볶는 존재였다. 젊은 '꼰대'의 무서움을 입사 하루 만에 직감한 나는 그 누구와도 문제를 만들지 않기 위해 필사적으로 조용히 지냈고 나름대로 그들과 잘 섞였다고 생각했지만, 그 작은 조직에서도 파벌은 존재했고 나는 그런 사람들과 한 공간에서 미래를 함께하기 싫었다. 특히 김대리의 행동은 나눠 마시는 공기조차 아까울 만큼 주변 사람들을 치가 떨리게 만들었다. 내 퇴사의 이유 중 많은 지분을 차지하는 김대리가 나에게 보낸 마지막 한 방은 나로 하여금 어떤 표정을 지어야 할지 모르게 만들었다. 아파해야 할지, 상처를 받아야 할지 아니면 가서 따지기라도 해야 할지 말이다.

아무리 생각해도 정상적인 사고방식으로는 선물을 보내놓고 환불을 한다는 게 이해가 가지 않았다. 많은 지인이 왜 따져 묻지 않았냐고 했지만, 선물을 보낸 장본인에게 "왜 선물해놓고 환불한 거야?"라고 묻기에는 조금 치사했고, 퇴사의 과정에 있었던 일들에 충격받고 지쳐 있는 상태여서 그 일에 대해 어떤 대처를 해야 하는지 당시에는 매우 혼란스러웠다.

그 일이 있었던 다음날 아무 일 없었다는 듯 "안녕하세요, 과장님."이라고 웃으며 인사를 건네는 김대리를 보자 충격과 공포가 더해졌다. 하루빨리 그 공간을 벗어나고 싶다는 생각밖에 들지 않았다. '사람이 뻔뻔하려면 저렇게 뻔뻔한 거구나.'하고 인간의 뻔뻔함, 그 끝을 목격하고 나서야 난 회사를 벗어날 수 있었다.

상처를 주기 위해 돌려받을 선물을 구입하다니, 상처 주는 방법을 굳이 이렇게 부지런하게 모색하다니, 기가 막혔다. 아무리 밉고 싫어도 꼭 이런 방법으로 오랜 시간의 관계를 마무리해야 했을까 싶다. 나와 잘 맞지 않아도 1년이 넘는 시간 동안 마신 수십 잔의 '커피정'이라도 쌓였을 줄 알았다.

인간관계가 돈으로 환산된다면 나는 김대리와의 관계를 환불받고 싶다.

"식사도 업무의연장입니까 ?

회사에서 먹는 점심 밥 한 끼 조차도 군중의 잣대로
함부로 남을 평가하고 결론 내리는 사람들은
아마 엄청 피곤할 거라고 생각한다.

식사도
업무의 연장입니까?

회사원인 나는 점심때 밥 한 끼를 먹는 게 불편했다. 나와 함께 밥을 먹는 늙거나 혹은 젊은 '꼰대'들은 타인의 삶을 '보통'의 잣대로 평가하고 판단하는 것이 최대의 기쁨처럼 보였기 때문이다. 다이어트라도 하게 되면 번번이 실패였다. 점심 시간에 혼자 먹는 도시락 때문에 직장동료와 밥을 먹지 않는 아웃사이더로 낙인찍히거나 회식을 매번 거절한다는 이유로 예의가 없는 부류로 취급받곤 했다.

회사원으로 15년, 나도 회식을 업무의 연장이라 생각하고 살아온 시간이 10년 가까이나 되지만 돌이켜보니 그 시간 동안 수많은 회식을 통해 과연 정말 업무적으로 발전이 있었는지, 하다못해 동료 간에 정이라도 더 쌓인 적이 있었는지 의문이 생겼다. 왠지 회식을 통한 좋은 기억보다는 안 좋은 기억만 차곡차곡 쌓인 것 같았다.

회사원 약 9년 차 즈음 나는 팀장이 되었다. 태생이 '오지라퍼'인 나는 좋은 팀장이 되고 싶은 마음에 사비로 술도 사주고 팀원들과 잘 지내려고 노력했지만, 나만의 오지랖이었는지 술은 술이고 업무는 업무, 팀원들이 나에게 바라는 건 사람 좋은 회식 따위가 아니라는 걸 팀장 2년 차에 알게 되었다.

그렇게 회사원 11년 차가 되던 해에 비로소 효율적인 회사 생활을 하는 방법을 터득했다고 생각했다.

* 직장 동료들과 불편하지 않게 잘 지내되 사적으로는 너무 깊어지지 말 것

* 도움을 원할 때 도움을 주되, 거절은 확실하게

＊ 내가 맡은 일은 최선을 다하되 절대 너무 잘하지 않게

＊ 오지랖은 넣어 둘 것

회사원으로 지내며 나름대로 결론 내린 나만의 회사생활 처방전이었다. 상처받지 않고 상처 주지 않기 위한 건강한 회사생활 수칙이라고 생각했다. 하지만 역시 인생은 언제나 나에게 고비와 시련을 던지는 법. 다이어트 때문에 따로 먹는 점심 식사 때문에 손쉽게 직장 동료들과 어울리지 않는 아웃사이더가 되었고, 회식을 몇 번 거절한 것만으로 '거절하는 여자'라는 별명이 생겼다.

지금 생각하면 너무 쉽게 자신들의 기준으로 남을 판단하는 사람들과 함께 일을 한다는 건 불행 그 자체였다. 오히려 내가 그 사람들과 철저히 다른 덕분에 '꼰대' 같은 사람들과 이별할 수 있게 된 것이 정말 다행이라는 생각이 들었다.

오늘 문득 운동을 끝내고 작업실에서 마음 편히 다이어트 식단을 즐기며 불과 1년 전에 회사에서 눈치를 보며 점심을 먹던 내가 떠올랐다. 다이어트도 스트레스를 받지 않아야 성공할 수 있다는 것을 새삼 깨달았다. 왜냐면 나는 지금 아주 건강하게 살이 빠지고 있기에. 누구의 눈치를 보며 식단 조절을 할 필요가 없기에 말이다.

다이어트든 어떤 결심이든 결국 자신을 위한 것, 월급을 받는다고 해서 포기할 이유가 없지 않은가? 나를 위한 결정이나 행동에 대한 판단은 오로지 나의 의견이 100% 여야만 한다.

회사에서 먹는 점심 밥 한 끼 조차도 군중의 잣대로 함부로 남을 평가하고 결론 내리는 사람들은 아마 엄청 피곤할 거라고 생각한다. 남을 평가하는 만큼 본인도 다른 사람들의 시선을 의식하며 살 테니까.

전쟁에서 무서운 것은
총이 아니라
살벌한 눈빛

물론 전쟁터에서 싸울 때보다 7배 정도는 불안하다.
회사라는 전쟁터에서는 월급이라는 강력한 전쟁의
동기가 있었으니까.

전쟁에서 무서운 것은
총이 아니라
살벌한 눈빛

드라마 [미생]에서 "회사 안은 전쟁터라고? 회사 밖은 지옥이다."라고 말하는 장면이 아직도 잊혀지지가 않는다. 우리는 왜 전쟁터 아니면 지옥인가. 전쟁터가 지옥보다 조금 나을까? 나에게는 전쟁터가 곧 지옥이었는데. 나는 전쟁터에서 아직 쓸모 있는 군인이라고 아무리 위안을 해봐도 별반 나아질 것이 없었다. 전쟁터와 지옥 중 하나라도 선택하지 않으면 살아갈 수 없는 걸까?

나는 유난히도 그 전쟁이 힘든 사람이었다. 생계라는 이름으로 모두 총 한 자루씩 쥐고 필요하면 누구든 쏴버리는 사람들 속에서 넋 놓고 10여년을 지내보니, 어느 날 지하철 안으로 사람들이 쏟아져 들어오는 장면이 너무 징그러워 속이 메스꺼웠다. 생계를 벗어난 영역에서 사람 좋은 사람들로 돌변하는 모습에 이질감이 들어 낯설었고, 인스타그램 속 누구보다 감성적이고 따뜻한 사람들은 대체 어디에 존재하는지 너무 궁금했다.

그렇게 극한의 지옥을 경험하고 나서야 전쟁터를 나와야 한다는 생각이 들었고, 전쟁하지 않고 살아갈 방법을 찾아야 했다. 지금 나에게 주어진 재능으로 나는 어떻게 총을 쏘지 않고 살아갈 수 있을지에 대해 생애 최초로 세상을 보는 사람처럼 생각해 보았다. 너무 오랜 시간 전쟁터를 향했기에 갈 곳 잃은 내 발걸음은 생각보다 무거웠고, 쉽사리 어떻게 살아야 할지 결론을 내지 못했다.

'진작에 전쟁터를 빠져나와 방황해 볼걸…. 전쟁하지 않고 살아갈 방법을 모색해 볼걸….'

더 이상 갈 곳이 없는 내 정처 없는 발걸음을 위해 작업실도 만들었다. 하지만 이곳에서의 하루는 또 다른 형태의 '나 자신과의 싸움'이라는 것을 알게 되었다. 그리고 이왕 싸울 거면 나 자신과 싸우는 것이 나를 발전 시킨다는 걸 깨닫게 되었다.

물론 전쟁터에서 싸울 때보다 7배 정도는 불안하다. 회사라는 전쟁터에서는 월급이라는 강력한 전쟁의 동기가 있었으니까.

잠이 오지 않는 날도 많아졌다. 월세를 내야 하는데 월급은 사라졌고 아무 일도 일어나지 않는 공간에서의 허망함은 아침에 일찍 눈을 뜨게 만들었다. 그래서 하루에 몇 초쯤은 전쟁터가 그립기도 했다. 하지만 하루하루 전쟁터에서 생계라는 총을 쥐고 총알을 난사하던 그 살벌한 눈동자들을 떠올리면 지금이라도 전쟁터에서 빠져나와 아무것도 없는 외딴 길을 걷기를 잘했다고 생각한다.

이제 나는 남들 따라 목적지도 없이 방황하던 전쟁터에서 빠져나와 혼자만의 길로 돌아가는 중이다. 돌아가는 힘든 길에 자꾸 돌아보지 않게, 전쟁터로 돌아가지 않게, 주저앉아도 다시 일어날 수 있게, 험난한 길에서 진짜 내 행복을 찾을 수 있게, 나는 나를 잘 다독여줄 생각이다.

　　그리고 험난한 길 쉬어가다가 혹시 나처럼 전쟁터에서 빠져나와 지친 사람들을 만나면 서로가 길이 되어 갈 수 있기를 바란다.

다듬

그렇게 안 살아

공백란으로 비워두는 하루보다는 소중한 오늘을
만들어나가도록 오늘은 길을 잃어 봐야겠다.

다들
그렇게 안 살아

한참 나를 불사 지르며 일하던 시절의 다이어리를 들춰 보다가 어떤 날의 기록에 멈추었다. 어느 날 나는 이렇게 기록했었다.

"기록될만한 날들이 없어진다. 텅 빈 시간이 늘어 나는 게 어른이 되는 걸까? 다들 그렇게 살아가는 걸까?"

직장이란 이론적으로 자아를 실현하는 무대라고 한다. 그런데 회사원의 초년기에는 그 좋은 무대에서 나의 자아는 왜 점점 오리무중인지 늘 의문이었다. 그리고 경력을 쌓기 시작했던 때에는 도대체 얼마나 이 기분 나쁜 경력을 더 쌓고 냄새나는 말을 많이 들어야 자아실현을 할 수 있다는 말인지 몰라 오로지 나의 '버팀'에 대한 이유를 찾아다니기만 했다.

회사라는 곳은 내 오래된 즐거움을 앗아가고 희망을 소멸시키는 곳이었다. 그런 곳에서 나의 하루는 모나지 않은 '보통 사람' 코스프레를 하느라 누가 들어도 상처받을 만한 단어만 골라 내뱉는 악당 같은 동료에게 '그러지 말자'고 왜 말 한마디 못하는지, 그 말에 맞아 쓰러져가는 사람들 편에 선 사람을 왜 '오지라퍼'로 전락시켜 버리는지 알 수 없는 날들로 채워졌다.

그런 날들이 많아지자, 마음에 들지 않는 자신의 모습으로 오랜 시간을 버틴다는 게 너무 힘들었고, 그 모습이 점점 자연스러워지는 자신을 발견할 때마다 혹시라도 누군가에게 내가 이런 모습으로 기억될까 봐 두려웠다. 무엇보다 내가 가장 무서웠던 것은 꿈속에서조차 책상에 앉아 비명을 지르게 만드는 김과장처럼 누군가에게 내가 그런 존재가 되는 것이었다. 어쩔 수 없다는 핑계로 누군가에게 상처를 주는 사람이 되어 살고 싶진 않았다.

좋은 국민이 좋은 지도자를 뽑아 좋은 나라를 만들듯 회사도 구성원이 함께 만들어 가는 곳인데, 어째서 같은 동지들끼리 지쳐서 멈추는 동료를 그저 '버티지 못하고 낙오하는 실패자'로 둔갑시켜 버리는지, 무서운 사람들의 모습이 너무 안타까웠다.

나는 "다들 그렇게 살아"라는 말을 싫어한다. 회사의 힘듦을 토로하는 젊음에게 다들 그렇게 산다는 위로를 가장한 위선을 공식처럼 읊어대고, 세상에 좋은 직장은 없다는 말로 문제를 급하게 마무리해 버리는 게 싫었다.

그래서 나는 다들 산다는 '그렇게'에 포함되고 싶지 않았다. 고민하는 후배에게 다들 그렇게 산다는 말 대신 "다들 각자의 삶을 살더라, 너도 너의 삶을 살면 돼"라는 말을 해주고 싶었다.

다들 사는 것처럼 '그렇게' 살지 않아도 된다. 정작 나 자신은 텅 빈 채로 '그렇게'만 살면 공허한 시간만 늘어난다. 이제라도 나만의 삶으로 오늘 하루를 채워가려고 한다. 오늘을 산다는 것은 매일을 여행하는 것과도 같다. 일상을 여행하려면 자주 길을 잃어야 한다. 매일 같은 시간에 오던 버스를 놓쳐보기도 해야 한다.

과거의 나는 버스를 놓치지 않으려 조바심 내기만 했다. 조바심 나는 하루들은 '그렇게'의 삶이 되지만 나만의 여행 같은 하루는 빼곡히 기록하게 된다. 공백란으로 비워두는 하루보다는 소중한 오늘을 만들어 나가도록 오늘은 길을 잃어 봐야겠다.

나는
당신의
막내가아니야

"내 수저는 놓지 마", "내 책상은 내가 닦았어",
"내 쓰레기통은 내가 나중에 비울게"
"내 커피는 내가 고를게",
"막내가 이름이야? 왜 막내라고 불러"

나는
당신의
막내가 아니야

나는 사회 초년생일 때부터 '막내'라 불리는 사람들이 응당 해야 하는 수저 먼저 놓기, 커피 타기 같은 것들을 하지 않았다. 아니 해야 한다는 생각을 미처 하지 못해서 그런 일이 있을 때마다 번번이 사소한 실랑이가 일어나곤 했다.

디자이너로 처음 취직한 작은 회사, 막내였지만 뭐든 할 수 있을 것만 같았던 희망 덩어리였던 나에게 주어진 첫 번째 미션은 다른 직원들보다 20분 일찍 출근해서 10명 남짓한 직원들의 각 자리에 있는 커피잔 설거지와 커피 타기였다.

'어라?..' 나는 너무 의아했다.

그 미션을 준 사람은 다름 아닌 그 회사에서 가장 많은 실무를 맡고 있는 서른 살 남짓의 과장님이었다. 아직도 생생히 기억나는 그녀의 첫 마디는 "나 경력 8년이고 결혼도 했고 이 회사 다닌 지 5년째야, 막내는 당연히 알아서 기어야겠지?"

알아서 긴다는 말을 태어나서 처음 들었고, 나는 왜 그녀의 업무경력과 결혼 연차를 들어야 하는지 몰랐으며, 그녀가 하사해주신 미션을 내가 왜 해야 하는지 전혀 이해가 가지 않았다. 너무 몰랐기에 용기백배여서 그랬는지 기억은 잘 나지 않지만 나는 바로 사장님 방으로 달려갔고 커피를 타는 업무를 디자이너인 내가 왜 해야 하는지에 대해 물었다.

오늘 입사한 당돌한 신입사원의 직구에 사장님은 그 과장님에게 살살 하라는 투로 커피 심부름은 시키지 말자고 당부했고 그렇게 나는 다음날 정상적인(?) 출근을 하게 됐다. 하지만 본격적인 사회 경험은 그때부터 시작됐다. 그 과장님은 갖

가지 심부름을 시키기 시작했는데, 도시락을 먹는 점심시간엔 항상 라면이 있어야 한다며 라면 심부름은 기본이었고 본인의 스타킹 사 오기, 직원들 컵 설거지 등등을 '사회 경험'이라는 말로 둔갑시켰다. 그야말로 '커피 타기'만 빼놓고는 모조리 부려먹었다. 그뿐인가. 나의 기본적인 생리현상도 '사회 경험'의 일부가 되어 카운트 당해야 했다. 나는 볼일도 빨리 보는데….

대한민국의 막내란 엄동설한 찬물에 걸레를 빨아서 화요일 목요일이면 높으신 분들의 책상을 닦아야 하고 한여름 뙤약볕 아래에서도 등에 땀이 줄줄 흐르도록 바닥 걸레질도 마다하지 않는 열정 덩어리여야만 '사회 경험'을 할 수 있단 말인가.

참 살기 힘든 대한민국임을 제일 먼저 배운 나는 더 이상 걸레질을 하기 싫어 한 달 만에 회사를 옮기게 되었다. 알고 보니 그 회사, 한 달 만에 일곱 명이 회사를 옮겼던 위상이 대단했던 회사였다. 걸레질, 설거지 때문에 스트레스 받으며 버텨내기에는 난 사회에서 정의하는 '착한 막내'는 아니었던 모양이다.

'어떻게든 받아먹으려는 정신'을 거지 근성 이라고 한다. 나는 그 거지 근성이 너무 싫었다. 대접해 드리려는 마음도 없거니와 받아먹으려는 정신이 1도 없는 나는 팀장이 되어서도 뭇 시선들과 싸워야만 했다. 내가 신입이었을 때부터 13년이 훌쩍 흐른 지금도 막내들은 바빠 보였다. 오히려 직원이 몇 명 없는 작은 회사가 더했다. 전통 '꼰대'와 젊은 '꼰대'가 합세하면 막내들은 실체 있는 펀치와 실체도 없는 펀치에 맞아 늘 너덜거리는 정신으로 출퇴근을 반복했다. 팀장인 내가 할 수 있는 일은 오히려 나서서 도와주기보다 하나라도 일을 덜어주는 것뿐이었다. 그리고 지금은 내가 막내가 아닌 것에 조금 안도해야 했다. 막내 직원에게 한치라도 더 마음을 줄라치면 중간에 끼인 젊은 '꼰대'들이 자기 일을 뺏기기라도 한 듯 시키지도 않은 시누이 역할을 도맡아 막내 직원을 더 괴롭힌다. 무슨 동물의 왕국도 아니고.

30여년이 지난 지금도 막내의 사정이 비슷하다는 것에 대해 집에서도 첫째이며 지금은 팀장이라는 직급을 달고 있는 내가 왜 분개하는지 알 수 없는 일이지만, '빛나는 발전'의 대표주자인 대한민국, 왜 음지의 것들은 변치 않고 곰팡이처럼 번식하고 오래도록 쾌쾌하게 남아있는지 의문이다.

나는 언제나 말한다.
"내 수저는 놓지 마"
"내 책상은 내가 닦았어"
"내 쓰레기통은 내가 나중에 비울게"
"내 커피는 내가 고를게"

커피는 내 취향대로 내 손으로 타 먹는 커피가 제일 맛있다. 타 먹기 싫으면 사 먹으면 된다. 커피 공화국 대한민국 아닌가? 그리고 자기 책상은 자기가 닦는 걸 꼭 말로 해야 아나? 닦아 달라는 사람은 꼭 닦아줘도 깨끗이 안 닦았다고 지적한다. 남의 쓰레기통 비우라면 짬밥 얘기 꺼내는 사람 꼭 있는데 진짜 짬밥 있는 사람이 청소도 잘하더라.

짠내나는 사람들

짠 내 나는 회사생활을 돌이켜 보자니 괜히 목이 말라
냉수 한잔 들이켜 본다.
냉수를 마시며 난 누군가에게 짠 내 나는
사람이 되어 살지는 말자고 다짐한다.

짠 내 나는
사람들

나는 어릴 때부터 어른들이 말하는 '입이 야무진' 어린이였다. 그래서 가족이든 친구든 말을 해야 할 상황이면 늘 나를 앞세우곤 했다. 게다가 야무진 입과 궁합이 좋은 정의감 또한 있는 편이어서 입바른 소리로 미움을 사기 일쑤였다.

그렇게 바른말 쌈닭이 되어 회사생활을 시작한 나는 우리 사회의 '좋게좋게' 넘어가는 정서와 항상 부딪혀 언제나 동지보다는 적을 많이 만드는 편이었다. 뭐가 그렇게 좋다는 말인지 누구를 위하여 좋다는 말인지 늘 알 수 없었다.

경력이 쌓이고 '팀장'이라는 직급을 달고부터 목소리를 내야 할 일이 더 많아졌다. 앞서 말해야 할 것들은 대부분 꼭 해야 할 이야기지만 꺼내기 불편한 이야기들이 많았기에 말 잘하는 나라도 용기 내어 의견을 타당하게 설명한다는 건 언제나 두려운 일이었다. 그런 나에게 사람들은 "너는 속 시원하게 하고 싶어 하는 말을 잘하는구나, 진짜 멋있다. 나도 완전 공감해!"라고 뒤에서 말하지만 나와 함께 목소리를 내어 달라 용기 내 부탁하면 금세 돌변해 "나는 원래 그런 말 못 하잖아"라고 뒤로 숨어버리곤 했다.

이렇게 되고 보니 언제나 손해 보는 건 나일 뿐 굳이 내가 어떤 조직 안에서 그들의 대변인이 되어주기 싫었다. 나도 지쳐갔던 것이다. 나도 약아져야만 했다. 입을 다물어야 했다. 더 이상 나만 손해 보는 기분으로는 살기 싫어졌다. '꼭 내가 말하지 않아도 돼', '누군가 해결하겠지'라고 되새기며 '좋게 좋게' 넘기게 되었다. 짠 내 나는 세상에 일조하게 된 것이다.

"세상의 소금" MBTI 검사에서 한국인에게 가장 많은 유형이라고 한다. 소금은 없어서는 안 될 중요한 재료이고 적절히 첨가하면 음식의 맛을 돋우는 고마운 존재이지만, 그 소금들이 너무 많아지니 회사생활이 너무 짜서 자주 눈물이 났다. 염분의 농도가 너무 높아진 회사를 더이상은 다닐수가 없었다.

[또 오해영]이라는 드라마에서 오해영이 말한다

"여자는 떠난 남자를 욕하지 않아요. 자기한테 짜게 군 남자를 욕하지, 짜게 굴지 마요. 누구한테도" 무릇 사람 사이의 관계에서도 마찬가지이지 않을까? 나한테 못되게 군사람은 시간이 흐르면 잊혀지기 마련이다. 악한 사람은 나한테만 악하게 군 게 아니니까. 그런데 짜게 군사람은 두고두고 기억난다. 말 한마디면 될것을, 눈앞의 이익 때문에 누군가에게 짠 내 나는 사람이 되진 않았는지 생각해 본다.

짠 내 나는 회사생활을 돌이켜 보자니 괜히 목이 말라 냉수 한잔 들이켜 본다. 냉수를 마시며 사람과 사람 사이, 언제나 달달할 수만은 없겠지만 누군가에게 짠 내 나는 사람이 되어 살지는 말자고 다짐한다.

왜이래요

4년제나온 사람끼리

나는 당신의 고학력 고'스펙'을 기꺼이 인정하고
대우할 용의가 되어있다.
그러니 당신도 나의 삶에 대한 통찰력을 진정으로 인정하고
대우할 준비가 되어있는지 반문해야 한다.

왜 이래요
4년제 나온 사람끼리

점심식사 후 커피타임, 직장 동료들끼리의 수다로 꿀 같은 시간을 즐길 때였다. '스펙'에 관한 이야기를 하다 내가 전문대 출신 팀장이라는 걸 알게 된 한 직원이 다른 팀 팀장 옆구리를 찌르며 "팀장님 왜 이래요 그래도 우린 4년제 나왔잖아요"라고 말했다.

지적하기에도 치사하고 명백한 사실이라 웃음으로 싸늘한 분위기를 마무리하고 일어났다. 2년제를 졸업한 팀장을 대하는 4년제 출신 직원의 숨겨진 진심에 한 방 맞은 충격과 당황

스러움이 얹어진 무거운 발걸음으로 사무실로 돌아갔다. 그 말을 내뱉던 순간의 그녀 얼굴은 생각보다 크게 내 마음속에 자리 잡았고 그 이후 나는 그녀가 불편해졌다.

내가 힘들게 이루었다고 해서 조금 덜 노력해 보이는 사람에 대해 응당 자기보다 못 가지고 덜 누려야 한다고 생각하는 사람들 틈에서 나는 언제나 불안했고 무서웠다. 타인의 숨겨진 노력을 보지도, 듣지도, 이해하려는 시도조차 하지 않고 자기가 살아온 틀 안에서의 잣대로 타인의 결과만을 판단하는 사람들이 생각보다 많았다.

드라마 [미생]에서 고졸 출신 장그래에게 일류대학을 나온 직원은 말한다. 우리가 시간과 돈 들여 공부하고 '스펙'을 쌓을 때 너는 무엇을 했냐고.

범죄자에게도 인권이 있어 '정상참작'이라는 인정까지 베풀어 형량을 줄여주는데 사회가 규정한 법을 어기지 않고 주어진 상황 속에서 삶을 온전히 살아가는 타인에게 그게 대체 뭔 개소리일까? 2년제 대학을

나은 나는 이렇게 무시 받아 마땅한가?

그럼 나는 역으로 묻고 싶다. 삶을 살아가는데 그저 대한민국이라는 틀 안에서 정해진 대로 살아온 당신에게서 자랑스러운 대기업 명함을 빼면 뭐가 남느냐고. 자신 있게 말하건대 나에게는 그저 목표가 그곳이 아니었을 뿐 나의 목적을 가지고 치열하게 살아왔다. 당신이 토익 점수에 목매달고 있을 때, 나는 나 자신에 대해 더 공부했고, 당신이 어떻게 하면 영어를 더 능숙하게 할 수 있을지 고민할 때, 난 영어가 나에게 진짜 필요한 일인지 스스로 질문했다. 당신이 대기업 입사만이 목표일 때, 나에게 필요한 건 대기업에 취업하는 것인지, 내가 더 잘할 수 있는 일은 없는지 스스로 되물었다. 단언하건대, 나는 당신보다 스스로 더 많은 질문을 던졌고 답을 찾아가며 치열하게 살아왔다.

이미 답이 정해진 길만이 최고의 길이며 삶이라면 세상에는 일류대만이 존재해야 할 것이다. 굳이 다양하고 세분화된 교육이 필요 없을 것이고 세상은 일류와 하류, 단 두 부류로 분류되어야 한다. 그런데 세상을 둘러보면 당신과 나, 단 두 부류만 놓고 세상의 모든 이치를 설명하기에는 턱없이 부족하다. 이런 사실은 나도 알고 당신도 알고 있다. 그렇지 않은 세상을 우리가 함께 살아가야 한다면 겨우 고학력 고'스펙'으로 얻어낸 대기업 명함만으로 마치 세상엔 너 아니면 나 두 부류만이 존재하는듯한 무례함을 범할 수가 있을까?

　나는 당신의 고학력 고'스펙'을 기꺼이 인정하고 대우할 용의가 되어있다. 그러니 당신도 나의 삶에 대한 통찰력을 진정으로 인정하고 대우할 준비가 되어있는지 반문해야 한다. 어차피 우리는 함께 살아가야 하니까.

남의 의견에 흔들리면 멀미나 나겠지

후회하지 않으려 결정을 미루고 심사숙고해 봐야
결정 공포증이 더 커질 뿐이다.
그리고 나중엔 그때 결정하지 않은 걸 후회 하겠지.
그만 좀 흔들리자. 멀미 난다.

남의 의견에
흔들리면
멀미나 나겠지

내가 어떤 결정을 할 때 항상 최종의견을 구하는 친구가 있다. 그녀가 된다고 하면 될 것만 같은 왠지 모를 믿음이 있어 나는 항상 큰 결정을 앞두고 그녀의 의견을 구한다. 그녀는 평소 관찰력이 뛰어나 사람들 속에서 자신만의 데이터를 만들어 놨다가 어떤 결정을 내릴 때 시원하게 결정을 내리곤 한다.

늘 시원스레 결정을 내리는 그녀가 멋있어서 한번은 친구에게 물었다.

"너는 결정할 때 흔들린 적 없어? 이게 맞는지 아닌지 잘 모를 때도 있잖아?"

친구의 대답은 이랬다.

"어차피 남의 의견이잖아. 아무리 나를 잘 아는 사람이라 해도 결국 자기 생각을 말할 뿐이겠지. 내 삶의 결정인데 남의 생각이 뭐가 도움이 되겠어 흔들리기나 하지, 자꾸 흔들리면 멀미나. 그냥 결정한 걸 해보고 후회하면서 하나씩 배우는 거지 뭐."

나도 한때는 시원한 성격으로 일가견이 있었는데 지금은 고민이 있어 잠이 오지 않는 밤 걱정을 싸매고 누워서 끙끙 앓는다. 그럴 때마다 여동생이 나에게 "너 누구야? 왜 이렇게 변했어?"라고 말할 정도로 답답한 사람이 되었다. 나는 왜 이렇게 변했을까? 똑 떨어지는 나의 사이다 면모는 간데없고 친구의 말마따나 이말 저 말에 흔들리는 내 모습이 너무 낯설게 느껴진다.

'결정 장애'라는 단어가 유행어처럼 자주 회자 된다. 만나는 사람마다 자기가 '결정 장애'라는 지병이 있어 대신 결정을 해 달라고 요구한다. 왜 결정하지 못하는가에 대해 주변 사람들에게 물어보면 누군가는 합리적 선택에 대한 강박 때문이라 했고 어떤 이는 "후회하기 싫어서"라고 답한다.

더 빠르고 편리한, 더 똑똑한 선택이 추앙받고 '가성비'라는 말이 언제부터인가 더 많이 들리기 시작했다. 그렇다 보니 나도 그냥 '좋아서'라는 이유로 비교검색 없이 선택했다간 왠지 손해 보는 선택을 할 수도 있다는 불안감에 휩싸이곤 한다. 그래서 귀찮고 피곤하지만, 누군가에게 의견을 묻고 다른 이들의 리뷰를 살피는 것도 모자라 비교검색까지 마친 후에 선택하게 된다. 더 합리적인 선택을 하기 위해 필사적으로 노력을 하지만 어쩐지 예전보다 더 불안하다. 오히려 다양한 선택지에 더 많이 흔들리는 것만 같다. 가성비 좋은 선택을 하고 늘 합리적인 선택을 하는 사람이 되는 것이 이렇게 피곤한 일이었나?

손해 보지 않으려, 후회하지 않으려 작은 결정 하나에도 너무 많은 고민을 하고 있는 건 아닐까?

문득 이런 생각이 든다. 나는 언제쯤이면 다른 이들의 비교와 리뷰에 연연하지 않고 사이다 같은 결정을 하게 될까? 내가 고민하며 흔들리는 동안 조금 후회하게 될지도 모르는 발걸음을 성큼 내딛는 내 친구는 다양한 방면으로 항상 나에게 조언해 줄 수 있는 인생의 선배다. 인생의 선배란 나이가 많은 사람이 아니라 늘 이렇게 성큼 내디디고 먼저 후회해 보는 사람이다.

그래. 맨날 흔들리면 멀미나 나겠지. 흔들리는 건 선택이지만 멀미는 온전한 내 몫이다. 생사가 달린 문제가 아니라면 멀미 날 바에야 결정이 힘들어도 시원하게 한번 가보고 후회하는 게 차라리 낫지 않을까? 후회하지 않으려 결정을 미루고 심사숙고해 봐야 결정 공포증이 더 커질 뿐이다. 그리고 나중엔 그때 결정하지 않은 걸 후회 하겠지. 그만 좀 흔들리자. 멀미 난다.

취업의
물리학

교통비는 고사하고 제대로 된 합격, 불합격 통지는
구직자와 구인 회사간의 예의가 아닐까 싶다.

취업의
물리학

잠을 설친 날은 몸이 여기저기 쑤신다. 꿈이 요란한 날은 수면의 질이 좋지 못한데 어제는 꿈속에서 불합격 통보를 받았다. 꿈은 현실의 연장이 확실하다.

본격적으로 일을 해야겠다고 판단한 후 안될 걸 알고 지원한 회사의 수까지 포함해서 두 달 동안 수십 개의 회사에 입사지원을 했다. 연락이 온 곳은 단 세 곳이었다. 이 중 두 곳은 면접까지 봤지만 여러 조건이 맞지 않아 내가 거절했고, 정말 가고 싶던 마지막 기업의 면접을 월요일에 보게 되었다. 면접관

중 한 분인 인사팀장님은 늦어도 금요일까지는 불합격 일지라도 연락을 주겠다고 말씀하셨다.

합격이면 연락이 빨리 올 거라고 생각했다. 여유 있는 수요일이 지나고 목요일이 되자 속이 타기 시작했다. '불합격' 일지라도 연락을 주겠다고 했던 면접관의 눈빛을 믿었기에 나는 아직 불합격이 아니라는 희망을 걸었다.

그리고 마지노선인 금요일이 되었다. 드라마 [도깨비]에서 도깨비는 한 여자에게 사랑에 빠져 심장이 아찔한 진자운동을 한다고 했던가. 아침부터 나의 심장은 말 그대로 아찔한 진자운동을 했다. 오전이 지나고 오후 다섯 시가 되자 '불합격이구나'라고 생각은 하면서도 자꾸 마음 한편에서는 부지런히 희망의 단서들을 찾고 있었다.

'아직 퇴근 시간이 지나지 않았으니까.. 불합격 문자가 오지 않았으니까.'

그러나 성실한 시계는 여섯 시를 넘겼고 나는 다리에 힘이 풀렸다. 분명 불합격 통보라도 준다고 했는데. 그 문자 한 통이면 살얼음판 같은 마음이 사그라들었으리라 생각하니 화가 났다. 왜 면접자와의 약속을 지키지 않는 걸까.

"내가 회사 사장이면 면접자들한테 꼭 밥 한 끼 사주고 싶어."

나는 입버릇처럼 예전부터 이런 말을 했었다. 밥 한 끼 사주지 못할망정 제대로 된 말 한마디를 해주지 않아 구직자들을 오갈 데 없도록 묶어두는 면접시스템이 원망스러웠다. 그리고 그 '무소식'의 여파는 주말 내내 나를 희망 고문에 시달리게 했다.

일요일 밤, 결국 나는 꿈에서 아주 정성스러운 '불합격 통보 문자'를 받았다. 심지어 그 문자가 꿈이라는 사실을 눈을 뜨자마자 확인하고 오전 내내 혹시 모를 한줄기 합격의 근거들을 찾아 헤매느라 또 마음이 바빠졌다. 약속된 날짜가 지났음에도 나는 아직 불합격이 아니었기 때문에 자꾸 미련을 갖게 되는 것이었다.

제시간에 불합격 통보만 받았더라면 나의 일주일이 이토록 무의미해지지 않았을 것이다. 어차피 모두 사람이 하는 일인데 같은 사람인 구직자에게 이렇게 예의를 갖추지 않을 이유는 전혀 없다. 입장이 다르다고 해서 구직자의 애타는 심정을 모른 척해서는 안 된다.

교통비는 고사하고 제대로 된 합격, 불합격 통지는 구직자와 구인 회사간의 예의가 아닐까 싶다.

나이를 먹는만큼 어른이되는건 아니라서요

30대가 되고부터는 시간이 흘렀다기보다는
낭떠러지에서 계속 떨어지는 것 같았다.
정신을 차리고 보니 도착한 내 나이, 진심으로
아직도 익숙하지가 않다.

나이를 먹는 만큼
어른이 되는 건
아니라서요

"몇 살이세요?"

오늘도 나이를 묻는 말에 잊었던 숫자를 떠올려 본다. 매년 1월 1일 우리는 한 살씩 함께 나이를 먹는다. 그래서인지 한국 사람들은 남의 나이에 참 관심이 많다. 나이에 맞는 행동과 재산에도 암묵적인 룰이 있고 그에 따라 남을 판단 하는 것도 참 용이하다. 나이는 단순히 숫자는 아니다. 시간의 흐름이며, 내가 살아온 날들이 얼마나 되는지 가늠해 볼 수 있는 중요한 척도이기는 하다. 하지만 이 숫자에 갇힌 사람들이 너무 많음을 나이를 먹을수록 더 체감하게 된다.

30대를 넘기며 동호회와 같은 집단 모임을 싫어하게 되었다. 분명한 목적을 띈 경우를 제외하고 대부분의 모임에서 내가 '왕언니'가 되었기 때문인데, 왕언니라니 무슨 대왕 벌도 아니고. 나이에 앞서 사람인 나를 먼저 봐줬으면 좋겠는데 정해진 규칙처럼 나이부터 묻는다. 30대 중반을 넘기고부터 사람들이 많은 자리에서 더욱더 강렬하게 내 나이에 갇히는 것 같았다. 언니, 누나라 부르며 몇 살 차이에도 세대 차이를 운운하는 그들이 피곤했다. 정해진 나이나 사회적 위치로 사람을 판단하지 않으려는 내 노력은 언제나 물거품이 되는 곳에서 새로운 사람들에게 함부로 구분 지어지고 싶지 않았다.

"누나가 딱 세 살만 어렸으면 누나한테 고백했을 거예요."

세 살 어린 나는 여자로 괜찮고 세 살 많은 나는 자격 미달이란 건가? 이 무슨 망언인가? 3년 전의 나는 너 같은 놈을 만나지 않았을 텐데?

이런저런 망언들을 들으니 나이 따위 신경 쓰지 않던 나도 어쩔 수 없이 나이를 신경 쓰게 되었다. 30대 여자를 바라보는 뭇 시선들은 곱지 않았고 너무도 쉽게 내뱉는 나이에 관한 말들은 마음속에 켜켜이 쌓이는 것 같았다. 심지어는 가끔 이혼남도 소개팅 상대로 괜찮지 않냐고 슬쩍 나를 떠보기도 하고 이 나이에 결혼을 급하게 생각하지 않는 나를 비정상으로 보는 사람도 있었다. 마치 내 나이가 가격 조정이 필요한 오래되고 색 바랜 상품의 상징으로 느껴지는 건 기분 탓일까?

작년 어떤 모임에서 누군가가 내 나이를 알게 되자 "어쩐지 노련한 티가 나더라고요. 역시 누님이셨어!"라는 말을 한 적이 있는데 그 말이 공기 중으로 울려 퍼지는 순간 나는 왠지 연애대상에서도 확실하게 제외된 기분이었다. 노련하다니! 대체 뭐가 노련하다는 것일까? 나의 무엇이 그렇게 익숙해지고 능란해진 것일까? 상처받을 바에야 '아무것도 시작하지 않는 것을 선택하는 것'과 '괜찮은 척하기' 정도가 노련해진 것일까?

30대가 되고부터는 시간이 흘렀다기보다는 낭떠러지에서 계속 떨어지는 것 같았다. 정신을 차리고 보니 도착한 내 나이, 진심으로 아직도 익숙하지가 않다.

일도 연애도 도대체 어떻게 하는 건지 아직도 물음표투성이고, 이루어 놓은 것도 별반 나아진 게 없어 나는 아직도 서른 살 그 어딘가에 있는 것 같다. 그래서 더 두렵고 더 외로울 때도 많다. 다만 나 혼자 외로운 건 아님을 알아서 수많은 물음표를 말줄임표로 표현할 뿐.

사람마다 다른 각자의 인생과 속사정이 있다는 걸 모르는 것처럼 나이에 따른 숫자마다 캐릭터를 만들어 놓고 사람을 판단하지 않았으면 좋겠다. 내 나이나 독서량으로 나를 판단할 게 아니라, 내가 그동안 겪어왔던 경험들에 대한 이야기와 내가 좋아하는 책의 내용으로 나를 판단했으면 좋겠다.

몇 살이냐는 질문 대신 어떤 영화를 좋아하는지 어떤 것을 행복이라 생각하는지 요즘 웃을 일은 많이 있었는지 어떤 말을 싫어하는지 같은,

시시콜콜 하지만 그 사람이 어떤 사람인지 알 수 있는 그런 질문을 하면 얼마나 좋을까?

네마음대로
나를
판단하는겁니까?

자기 말이 다 맞는 편견의 세상에서 남을 규정하며
사는 사람과의 관계는 과감하게 패스해도 좋다.
네 마음대로 나를 판단하려면 부디 나를 패스하시길.

네 마음대로
나를
판단하는 겁니까?

"디자이너들 성격이 별로라던데.. '또라이'가 많다고 하더라고요."

디자이너가 직업인 사람들에 대한 오해. 하루 이틀 들어오던 것이 아니라 지금은 익숙하다. 가끔 디자이너인 나조차도 그런 생각을 하니까. 그런데 '또라이'가 어디 직업 가릴까. 소개팅에서 직업이 디자이너라고 말하는 여자에게 이런 말을 한다는 건 상대방이 마음에 들지 않는다는 이유가 99.9 퍼센트겠지만 오해만은 풀고 싶었다. '이건 확실히 오해다' '디자이너 중에 좋은 성격을 가진 사람이 훨씬 많다'라고 말해줬지만, 듣고 싶은 것만 듣는 사람들의 편협한 정보만으로 눈앞에 앉아있는 사람의 성격까지 판단하는 사람의 오해는 풀리지 않았다.

"그래서 저는 직업이 초등학교 선생님 같다는 말을 많이 듣나 봐요"라고 말해주기 전까지 그 사람은 "아닌데, 진짜 괴팍하던데요?"라는 말을 몇 번이나 반복했다. 네 성격이 더 괴팍해 보인다고 말해주고 싶었지만, 그 말을 꺼냈다간 역시 디자이너들은 괴팍하다고 오해에 오해를 더 할까 봐 커피를 두 잔 먹이고 급하게 소개팅을 마무리했다.

'불금', '혼밥', '비혼', '금수저'와 '흙수저', '인싸'와 '아싸'. 하루에도 몇 개씩 새로운 '규정'의 단어들이 생긴다. 덕분에 우리는 손쉽게 나와 타인을 평가하고 판단한다. 규정어에 딱 한 번의 경험이 더해지면 강한 믿음이 생긴다. "그 여자 '아싸'래"라는 말을 들은 후 여자의 '혼밥'을 목격하면 그 순간부터 그 여자는 아웃사이더로 보인다.

누가 높고 낮은지, 빠른지 늦었는지 쉽게 분류하고 판단하는 사람들 속에서 오늘도 나는 어떤 사람인지 분류하느라 피곤해진다. 이 분류에 대한 가장 큰 피로는 너무 쉽게 타인을 평가한다는 것이다. 한 길 사람 속은 모른다는데 내 속도 모르면서 보여지는 모습만으로 내가 평가되는 것 말이다. 나를 너무 규정 짓고 싶으면 속으로 평가하고 간직하던가. 사실에 근거하지 않는 자기만의 평가가 꼭 사실처럼 공유된다. 사실이 아닌데도 말이다. 사실이 아닌 채 공유되는 이런 평가들을 나는 '평가 에러'라고 부르는데 이 '평가 에러'가 공유되면 수많은 오해를 낳고 관계를 긴장시킨다. 쉬운 시작이 어려워지고 편한 관계는 불편한 관계가 된다.

"너 '아싸'구나? 요즘 '인싸'들은 이런 거 해."

"'불금'인데 집이야? 친구도 없어?"

"그 나이시면 결혼은 하…. 셨..?

"결혼 안 하셨구나. '비혼' 이신가 봐요?"

* 쉽게 규정 짓지 않길 바란다.

＊이름 붙이지 않았으면 좋겠다.

＊함부로 남을 판단하지 않기를.

＊'인싸'나 '아싸' 같은 단어로 사람을 두 부류로 구분하지
   말기를.

못하고 잘하고를 계산하고 높고 낮고를 측정하며 살다 보
니 누군가를 쉽게 판단하고 오해하게 되는 것 같다. 내가 지
금 잘 하고 있는 건지 대체 어디쯤인지, 그래서 해야 할지 말
아야 할지 생각하느라 오늘도 너무 피곤하다. 나도 날 잘 모르
겠는데 타인을 어떻게 규정 짓고 평가할 수 있을까?

타인에 대한 자기 마음대로의 규정하는 것을 우리는 '편견'
이라고 부른다. 자기가 가진 편견이 세상의 전부인 사람과의
대화는 나를 더 지치게 할 뿐이다. 자신의 편견만으로 관계를
맺는 사람은 "내 말이 맞다" 라는 전제를 깔고 타인과 대화하
기 때문이다.

자기 말이 다 맞는 편견의 세상에서 남을 규정하며 사는 사람과의 관

계는 과감하게 패스해도 좋다. 네 마음대로 나를 판단하려면 부디 나를 패스하시길.

인연을
노력하면
눈물이난다

결혼의 마지노선에서의 마지막 버스마저 놓쳐도 된다.
그것이 내가 탈 버스가 아니라고 생각된다면.

인연을
노력하면
눈물이 난다

'연애도 노력'이라고들 한다. 주변에 내가 30대 중반을 넘었음에도 연애와 결혼에 관심이 없는 것에 대해 탐탁지 않아하는 나를 아끼는 몇몇 사람들을 위한 최소한의 노력으로 들어오는 소개팅은 되도록 마다하지 않았다. 딱히 새로운 사람을 쉽게 만나는 성격도 상황도 아니어서 내 나름대로는 최대한의 노력을 한 셈이다.

연속으로 소개팅이 들어왔던 때가 있었다. 새로운 사람을 만나 몇 시간의 대화만으로 관계의 지속 여부를 결정한다는 것은 나에게 쉬운 일이 아니었기에 정말 아닌 경우를 제외하고는 몇 번 더 만나볼 의향이 있었다. 하지만 소개팅에서 만난 사람들은 최소한으로 만나고 빠르게 결정하는 것이 마치 새로운 시대의 전유물인 것마냥 가볍고 성의 없는 모습이었다. 나는 급속도로 마음이 지쳤고 과연 이 허무맹랑한 만남으로 내가 연애라는 걸 할 수 있을까 싶었다.

소개팅에 대한 설렘이 거의 없어질 무렵 또 한 건의 소개팅이 들어왔다. 더 이상 상처받는 것 같은 기분이 드는 소개팅이 싫었지만 한편으로 이제 띄엄띄엄해진 소개팅 소식이 아쉬워 거절하지 못하는 내 마음이 너무 물색없어 부끄러웠다.

그 사람은 무난했다. 소개팅이 끝나고 남자는 집까지 데려다주겠다고 했다. 아침 뉴스에서 '최악의 한파'라고 언급할만한 날씨였기에 선뜻 그러겠다고 대답했다. 무난한 장소와 저녁 메뉴로 불편함이 없었고 외모는 마음에 들지 않았지만, 성격이 무난해 대화하며 집까지 갔다. 태워주셔서 감사하다고 말하고 차에서 내렸다.

그런데 갑자기 눈물이 쏟아졌다. 이렇게 예고 없이 갑작스레 흐르는 눈물은 처음이어서 순간 '내가 왜 울지?'라는 생각이 들었다. 집이 가까워지는데도 눈물이 멈추지 않았다.

차를 타고 오는 동안 나는 '노력'을 했던 것 같다. 특별히 싫은 이유도 없이 그리 즐겁지 않은 내 마음을 헤아리기 위해, 대화를 이어가기 위해서 그리고 그 사람의 장점을 찾기 위해서 내 나름의 노력을 했던 것 같다. 하지만 나는 고장 난 카메라처럼 노력보다는 내 기분으로 자꾸 포커스가 맞춰졌다.

차에서 내리는 순간 세 가지가 선명해졌다. 이제 더 이상의 소개팅은 나에게 무의미 하다는 것과 방금 나를 내려준 저 남자에게서는 연락이 오지 않을 것 같다는 것. 그리고 인연은 노력으로 되는 일이 아니라는 것. 평소라면 일말의 아쉬움도 없었을 테지만 서른일곱을 앞둔 나의 마지막 소개팅이라는 생각이 확실해졌다.

'무난한 저 남자라도 만나보기 위해 더 노력했어야 했나?'

'이제 나도 나와 모두를 위해 적당히 어느 정도 선에서 타협해 결혼이란 걸 해야 하는 건가?'

이런 생각을 이어가니 눈물이 그치질 않았다. 나는 한 번도 신경 쓰지 않았던 마지노선, 그 끄트머리에서 다시 오지 않을 마지막 버스를 놓친 기분이었다. 한동안 눈물이 멈추지 않을 것 같아 최강의 한파를 기록했던 그 날 나는 집 주위를 몇 바퀴를 돌았는지 모르겠다.

사람들은 마치 정해진 문제를 다 풀고 정답을 맞췄다는 듯 너무 쉽게 결혼에 대해 말한다.

"별 남자 없어, 이제 그만 적당히 눈 낮춰서 가, 지금도 노산이야."

그런 말을 들을 때마다 나는 인간의 모든 활동에 결론이 '종족 번식'이었던 고등학교 생물 선생님이 생각난다.

"사람이 왜 사는 줄 알아? 종족 번식을 위해서!"

연애와 결혼생활은 노력일지 모르나 '연애의 시작'과 '결혼'은 노력으로 되는 일이 아닌 것 같다. 노력 그 전에 인연이 있어야 하고 인연의 배경에 타협 같은 건 포함되어 있지 않다고 생각한다.

결혼의 마지노선에서의 마지막 버스마저 놓쳐도 된다. 그것이 내가 탈 버스가 아니라고 생각된다면.

마지막이라는 생각에 급하게 타협하고 버스를 타버렸다간 하루가 아니라 평생을 한파 속에서 보낼지도 모를 일이다.

오늘은 꼭! 싫다고 말해

그냥 말 그대로 '싫다'는 말이다. 나는 당신의 거절을 응원한다.
"싫다고 말해 오늘은 꼭!"

오늘은 꼭
싫다고 말해

점심을 먹는데 회사의 막내 직원이 고민을 털어놓았다.

"팀장님 저 실장님들이랑 노래방 가는 거 너무 싫어요."

나는 입사 초부터 '거절하는 여자'라는 별명이 붙을 정도로 싫은 걸 싫다고 말해 미리 미움을 샀던 터라 노래방이든 회식이든 잘 참석하지 않았는데 따로 내색하지 않아 괜찮은 줄만 알았던 막내 직원이 회사가 오기 싫을 지경이라고 말했다. 게다가 술에 취하면 음담패설까지 늘어놓는다나 뭐라나.

왜 그동안 참기만 했냐고, 나한테라도 말하지 않았냐고 되물었더니 용기가 없어 술에 취해 딱 한 번 노래방 가기 싫다고 말했다가 다른 과장님한테 찍혔다고 했다. 맨날 그 과장이 수시로 놀려대는 이유가 이거였다니.

"야 우리 막내 술 취하니까 할 말 다하더라~ 당차! 대담해!"

'아니, 당차고 대담한 사람이면 겨우 술 취해서 할 말 하겠냐 인간아!'

나 혼자 생각으로야 당장 두 팔 걷어붙이고 그 자리로 가 따지고 싶지만 그래 봐야 해결은커녕 알량한 그의 자존심에 스크래치가 났다며 길길이 날뛸 게 분명해 더 좋은 방법을 생각해 보기로 했다.

얼마 후 스키장에 딸린 콘도로 워크숍을 가게 되었는데 그 건물 지하에 노래방이 있다는 소식을 접하고 막내는 또 기겁했다. 나는 그녀를 따로 불러 은밀히 작전을 짰다. 사실 싫은 걸 싫다고 말하는데 작전 씩이나 짤 필요도 없었지만 싫어도 웃으며 괜찮다고 말하는 게 동방의 예의인 가'족'같은 회사에 다니는 우리는 너무 진지했다.

"지영씨, 이건 누가 도와줄 수가 없어. 내가 도와준다고 나서면 괜히 미움만 살 거야. 회사라는 곳에서 자기 의견을 말하지 않고 참으면 그 사람은 원래 그런 사람인 줄 알더라고. 지금 이 회사가 절대 정답도 아니고 나는 절대로 '괜찮다'고 말하고 부당한 걸 견디는 사람이 잘된다고 생각하지 않아. 오히려 그런 용기 없는 사람이 더 부당한 문화를 만든다고 나는 생각해. 자기 의견은 자기가 말할 수 있어야 하는 거야 알겠지?"

"워크숍 가서 분명 또 노래방 가자고 하겠지? 막내 운운하면서 지영씨한테 의견을 물으실 거야. 그럼 싫다고 직설적으로 말하지 말고 '저 사실 노래 못해서 노래방 되게 싫어하는데, 볼링 치러 가요!'라고 다른 대안을 말해봐. 자기 의견을 정확하고 확실하게 돌려 말하면 사람들이 생각보다 수긍하게 되더라."

그리고 결전의 날 저녁이 되었고 아니나 다를까 나이 많은 실장님이 "오늘은 우리 막내가 하고 싶은 걸 하자, 막내야 노래방 갈까?"라고 물었다.

우물쭈물하는 그녀의 옆구리를 찔렀다. 나의 작전에 용기를 얻은 그녀는 말했다.

"노래방 가기 싫은데요.. 보….. 볼링장이 있더라고요. 지하에!.."

어렵게 꺼낸 그녀의 부끄러운 거절이 먹혔고 정말 다행히도 워크숍 첫날 밤은 볼링장에서 술을 진탕 마시는 거로 마무리되었다. 숙소로 돌아가는 길에 그녀는 그 싫다는 말 한마디를 하기 위해 하루 전부터 시뮬레이션하고 두 시간 전부터 심장이 벌렁거렸다고 했다. 하지만 말하고 나니 너무 시원했고 싫다고 당당하게 말하는 것에 위축되지 않는 사람이 되고 싶다고 했다.

"30대에는 팀장님처럼 누가 뭐라던 자신에게 당당한 사람이 되고 싶어요, 팀장님은 제 롤모델이에요."

롤모델이라니. 사실 나는 나를 따르는 후배들에게 무언가를 가르치게 될 때 너무 부끄럽다. 속으로는 '나처럼 사회생활 하면 흔히 말하는 아웃사이더가 될 텐데 내 주제에 뭘 가르친다고'라는 생각으로 늘 입을 닫으려고 하지만 부당한 일만 눈앞에 펼쳐지면 꼭 이렇게 오지랖을 떨게 되니 말이다.

싫고 좋고를 따지라는 말이 아니라 '싫다', '좋다'는 말의 의미를 다르게 해석하지 말라는 뜻이고 진심으로 타인의 의견을 물었을 때는 적어도 두 가지 답을 예상하라는 말이다. 더불어 싫다고 말하는 것은 나쁜 것도 아니고 예의 없는 것도 아니다.

그냥 말 그대로 '싫다'는 말이다. 나는 당신의 거절을 응원한다.

"싫다고 말해 오늘은 꼭!"

나는
실시간검색어가
싫다

"이제껏 나에게 최대의 손실을 준 것은 공연한 참견이다."

나는
실시간 검색어가
싫다

'실시간 인기 검색어'

나는 그게 너무 꼴 보기 싫어 메인화면은 구글을 쓴다. 본격 참견의 왕국, 대한민국에서는 오늘도 누군가의 이혼이나 결혼, 연애의 시작 같은 것들이 화제다. 남의 인생에 대한 공연한 참견이 너무 재미있는 사람들 덕분에 실시간 댓글 창은 늘 북적이고 각종 사건은 은폐, 확대, 재생산되기도 한다.

난 남의 일에 대한 관심은 그저 약간의 호기심에 지나지 않는다. 그래서 타인도 나에 대한 관심은 딱 그 정도였으면 좋겠다는 생각을 자주 하곤 한다. 아무리 가까운 사이라도 선을 지켜서 질문하려고 노력하고 누구와의 만남이든 그 이후에 혹시 지나친 참견을 하진 않았는지 많이 되돌아보는 편이다. 덕분에 조금 피곤하긴 하지만 그럼에도 불구하고 나는 '공연한 참견'이 싫다.

얼마 전 친구는 이런 말을 했다.

"남의 말 들으면 되는 일이 없는 것 같아. 그게 엄마라 할지라도."

친구는 몇 년간 운영하던 작은 가게를 정리하던 중 건물주와의 갈등 속 수 많은 문제에 대해 엄마 말만 듣고 일 처리를 했다가 해결은커녕 갈등이 더 확대된 경험을 이야기했다.

우리는 남의 생각을 너무 중요하게 생각하며 살고 있다. 심지어 옷을 고를 때에도 말이다.

내가 좋아하는 스타일이 아니라 나를 쳐다보는 사람들이 좋아할 만한 스타일을 궁금해 한다. 연예인에 의해 인증 받은,

눈에 튀지 않고 무난한 것을 찾는다.

"제일 잘 팔리는 게 뭐예요?" "연예인이 입었던 니트 없나요?"라고 묻는다. 나도 모르게 '참견러'들에 의한 옷을 고르면서도 참견에 완전 정복 당한 '꼰대'들을 욕한다.

우리 엄마는 오늘 아침에도 나이에 걸맞지 않는 옷을 입고 나가는 나에게 "남들이 뭐라고 생각 하겠어"라는 명언을 하셨다. 엄마와 같이 사는 한 욕이라도 한 자락 덜 들으려면 3:1의 비율로 나이에 걸 맞는 옷을 하나씩 사야만 했다.

흔히 '한번 해 봐서 아는' 사람들의 투철한 남 걱정 정신에 의해 수 많은 참견을 받는다. 그들은 주로 이렇게 말한다. "너 생각해서 하는 말인데.." 친한 사람, 친하지 않은 사람, 한번 본 사람, 다시 안볼 것 같은 사람 등등 어찌나 참견을 사랑하는 '참견러버'들이 많으신지 나는 그들을 위한 한편의 시를 써 보았다.

내 생각한 거 진짜 맞죠?

네가 하고 싶은 말한 거 아니죠?

내가 삐뚤어져서 오해하는 거 맞죠?

다 너같이 살아야 정답이라는 말 아닌 거 맞죠?

참 다정한 사람..

올해도 고마워요. 내 생각.

근데 내 생각 좀 그만 해요.

난 계속 나처럼밖에 못살 거 같으니까.

네 생각이나 하는 거 어때요?

인기검색어가 싫다. 각종 참견이 싫다. 내 삶 속 인기검색어와 내 인생 사건들을 참견하고 해결하기에도 시간이 모자라다. 나는 남의 결혼과 이혼에 너무도 관심이 없다. 남의 일에 대한 관심이 생기면 차라리 책을 보기로 한다. '남들은 어떻게 사나'에 관한 궁금증을 해결해 줄 수 있는 허락된 남의 이야기가 아닌가.

레프 톨스토이의 책 [살아갈 날들을 위한 공부]에는 이런 메시지가 있다.

"이제껏 나에게 최대의 손실을 준 것은 공연한 참견이다."

2장

싹싹하지 말자

욕먹고 살아온 덕에

알 게 된 30 대

후반의 이야기들

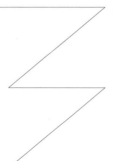

30대 후반전에 백수가 되었다

자기계발은 잘 몰라도 막막한 사람을
그 누구보다 잘 토닥여주는 사람이 되고 싶다고
마무리 지으며 세수나 해야겠다.

30대 후반전에
백수가 되었다

30대 후반전에 여섯 번째 프로 백수가 되었다.

시간이 많을 때 많이 걷자 하고 걷다 보니 생각보다 가까이 두고도 몰랐던 좋은 장소들이 많았다. 뚜벅뚜벅 내 발로 걷지 않으면 보이지 않는 것들, 그런 것에 진정한 내 삶이 숨겨져 있기라도 한 듯 두리번거리며 천천히 오래 걸어 보았다. 걷다 보니 문득 어떤 글에서 자기가 진짜 좋아하는 걸 알고 싶다면, 그리고 진짜 자기 인생을 살고 싶으면 싫어하는 것 리스트를 작성해보라고 했던 것이 생각나 긴 산책을 멈추고 카페에 앉아 써보았다.

- 옆 사람 입 냄새까지 맡아야 하는 지하철 타는 것
- 남에게 해를 끼치는 것
- 남들이 하는 대로 따라 하는 것
- 의미 없는 술자리
- 일할 때 일이 아닌 태도나 관계에 대해 자주 따지는 사람을 대하는 것
- 이유 없이 욕먹는 것
- 젊은 꼰대

답답한 마음에 이런저런 리스트를 작성하고 자기계발서 읽기도 여러 권. 밑줄도 그어보고 필사도 해보고 소리 내어 읽어도 봤지만 수많은 훌륭한 분들께서 말씀하시는 내면의 소리는 들리지 않고 이런저런 방법을 따라 하느라 마음만 분주해진다. 어떤 책에서 읽었던 "하나의 길만을 보지 말고 지금 내가 딛고 있는 들판에 핀 꽃과 바람을 즐기라"는 문장도 와 닿지 않는다.

30대 후반전, 제대로 백수의 길로 접어들기로 한 나의 머릿속엔 바람 대신 미세먼지가, 꽃 대신 찝찝한 회사에 관한 기억들이 아직 많이 자리 잡고 있었다.

- 퇴근 무렵에나 볼 수 있는 하늘을 자주 볼 수 있는 것
- 잔병치레가 많은 내가 가고 싶은 시간에 병원을 갈 수 있는 것
- 나를 함부로 대하는 사람을 대면하고 견디지 않아도 되는 것
- 급하게 정해진 회식을 거절해도 신경 쓰이지 않는 것
- 화장실을 자주 가도 눈치 보이지 않는 것
- 억지웃음이라도 지을 것을 요구하지 않는 것
- 집단주의에 숨어 누군가를 희생양으로 만들지 않는 것
- 다르다고 비난받지 않는 것

대단한 복지와 연봉을 바라는 게 아니었다. 내가 생각 해왔던 것들이 인정되고 통용되는 사회생활을 하고 싶었던 것뿐이었다. 나와는 조금 다른, 각양각색의 사람들이 모여 구성원

이 되는 곳이 회사이고 사회라는 걸 알지만, 다른 사람들 속에서 나는 그렇게 잘못이 컸던 걸까.

회사에서 해야 할 일 대신 내가 하고 싶어 했던 것들을 조금씩 해나가고 있음에도, 먹고 사는 문제에 대한 고민과 미래에 대한 고민이 나답게 살고자 했던 나의 노력을 허무하게 만들기도 한다. 그래서 가끔 '다시 회사를 다녀야 하나?'라는 생각이 버무려진 눈물이 뚝뚝 떨어졌다.

한편으로는 '앞으로 또 박과장 같은 사람이 내 성과는 가로채고 없는 말을 지어내서 대표로 하여금 나를 싫어하게 만들면 어쩌지?'

'또 파벌을 만들어서 나만 미운 오리 새끼 만들고 학벌 같은 거로 왕따 시키면 어쩌지?'

'이대리처럼 누군가 4년제도 안 나온 게 무슨 팀장이야? 라고 면전에다 대고 말하면 나는 무슨 표정을 지어야 하지?'

아.. 내가 또 볼꼴들은 아니리라.

이제부터라도 잘해나가는 모습을 보여주고 싶다. 성공까진 아니어도 진짜 행복해서 짓는 미소를 내 주변 사람들에게, 그리고 부모님께 보여주고 싶다. 그래서 더 불안하고 속이 상한다. 아무도 나를 보고 있지 않다고, 하고 싶은 대로 하라고 수많은 자기계발 서적에서 말하지만, 너무 오랫동안 인정욕구에서 비롯된 '잘해야 한다'라는 공포가 몸에 배 그런지 남들의 시선에서 자유로워지기가 그렇게 쉽지만은 않다.

30대 후반전, 오늘도 수많은 자기계발서와 명언들 속에서 생각이 많다. 하지만 이제 더 이상 소용없는 자기계발 말고 내가 조금 더 행복해지는 길을 그 수많은 생각의 갈래 속에서 천천히 찾아보려 한다.

남보다 오래 두리번거려서 멍청한 바보처럼 보이는 것에 익숙해지고 싶다. 욕먹는것을 두려워하고 싶지 않다.

조금 찌그러진 나와 나의 오늘도 인정해주고 감사하기를 바란다. 지금 백수의 하루하루를 통해서 세상을 향한 내 생각과 눈이 조금 더 선명해지고 마음에 바람이 불었으면 한다.

이런 마무리밖에 지어지지 않는, 이름하여 30대 후반전의 백수.

나처럼 무시무시한 막막함에 시달리고 계신 분이 있다면 정말 따뜻하게 안아드리고 싶다. 자기계발은 잘 몰라도 막막한 사람을 그 누구보다 잘 토닥여주는 사람이 되고 싶다고 마무리 지으며 세수나 해야겠다.

오천만원을 못모아도 빛나는 존재

아무것도 하지 않으면 생각이 많아진다.
그 생각 속의 걱정과 고민거리들은 무기력과 의욕 저하라는
꽃을 피운다. 그 꽃의 향기에는 자기비하의 냄새가 난다.

오천만 원을
못 모아도
빛나는 존재

아무것도 하지 않으면 생각이 많아진다. 그 생각 속의 걱정과 고민거리들의 생명력은 힘이 세서 나의 기운을 자양분 삼아 무기력과 의욕 저하라는 꽃을 피운다. 그 꽃의 향기에는 자기비하의 냄새가 난다.

그 지독한 냄새에 가끔 정신을 차리고 그 꽃을 더 이상 피지 않게 하는 방법으로 나는 음악을 들으며 걷는 것을 선택한다. 노래를 들으면서 걸으면 지금 나오는 노래가사와 눈앞에 보이는 풍경에 집중하게 되는 것 같아서.

집에만 있으면 밥 세 끼는 맛있게 얻어먹을 수 있다. 아무리 별 볼 일 없는 딸이라도 엄마는 밥은 제때 챙겨 먹여 놓고 때로는 한탄, 때로는 불만, 때로는 관용의 마음으로 나를 쳐다본다. 그래서 그 세끼 밥에 때로는 체하기도 한다.

우리 부모님은 그 시절을 보낸 여느 부모가 그렇듯 대한민국의 평범한 부모님이시다. 30대가 되면서 자식은 부모의 생각을 바꿀 수 없다는 것을 알게 되었고, 부모님 세대의 뿌리 깊은 편견과 상식에 대해 내가 할 수 있는 최대한의 이해는 그냥 흘려듣고 넘어가는 것이었다. 세끼 밥을 챙긴다는 것은 그런 시대를 살아낸 엄마가 표현하는 애정의 상징이라는 것을 너무도 잘 안다. 하지만 나는 지금 그 밥이 중요하지 않다. 어른들은 왜 그렇게 세끼 밥에 집착하시는지 모르겠지만, 여섯 번째 백수 생활을 엄마와 하루 종일 보내게 된 나는 집이 때때로 감옥처럼 느껴졌다. 그 이유는 바로 우리 가족 내면에 뿌리 박힌 '대한민국의 나이별 규격에 맞는 삶을 살지 않으면 부끄러운 삶'이라는 생각 때문이었다.

사회가 요구하는 잘난 딸의 규격에 못 미치는 나는 늘 나 자신이 부족하다고 느꼈다. 정말 신기하게도 친척 언니 오빠들, 엄친딸 엄친아들은 모두 서울의 일류대학들을 나왔으며 간호장교, 기계공학박사, 약사, 의사, 변호사 같은 직업을 가졌고, 심지어 대기업에 다니는 친척 오빠는 명함도 내밀지 못할 정도였다. 어떻게 이런 우연(운명)이 있단 말인가!! 그 얼굴들을 하나하나 떠올리며 돌이켜보니 나는 한 번도 나 자신을 자랑스럽게 생각할만한 순간이 없었다. 자랑스럽기는커녕 이모에게 나는 번듯한 직업이나 벌이가 없는, 그래서 맞선 주선 대상이 될 수 없는, 그런 조카였다.

엄마는 항상 "대기업 다니는 게 무슨 소용이냐. 나는 우리 딸이 최고다"라고 하시지만, 진심은 늘 예기치 못하는 순간에 튀어나온다.

"서른일곱 정도면 오천만 원은 모았어야 될 나이 아냐? 아빠 친구 딸은 초등학교 교사가 돼서 그렇게 알뜰하게 돈을 모아 벌써 일억이래."

"엄마는 그냥 나가면 입 다문다. 자식 얘기나 떠들고 그런 거 싫어서"

가끔은 부모님에게 가장 큰 상처를 받는다

내가 상처를 받아오며 살았다는 사실을 집에서 부모님과 온전히 시간을 보내며, 왜 집이 지옥인지에 대해 생각하다가, 맛있는 아침밥을 먹다가 이제야 알게 되다니. 넘어져 버린 도미노 한 조각처럼 모든 생각이 주르륵 차례대로 넘어지듯이, 내가 버텨냈던 모든 시간이 선명하게 머릿속을 스쳐 지나갔다. 그렇게 생각할 수밖에 없었던 부모님을 이제는 너무나도 잘 이해한다. 그 생각에 동의하지는 않지만, 부모님들은 그런 시절을 살아왔을 테니. 이제 나도 그런 시대를 이해하고 사는 30대가 되었으므로. 그렇지만 이제 더 이상 그런 딸로 살기가 싫어졌다.

이제는 나 혼자 있는 공간으로 자주 나오려고 한다. 자주 걷는다. 천천히 걸으며 음악과 풍경에 집중하면 관찰을 하게 된다. 봄을 맞이해 새로운 새싹들이 많이 돋아나고 있었다. 공원에는 팻말이 있는 싹들도 있지만, 싹은 모두 비슷한 모양을 하고 있고 멀리서 보면 그저 다 같은 초록 초록한 싹이어서 팻말이 없으면 보라색 꽃이 될지, 나무가 될지, 줄기가 될지, 아니면 그대로 싹에서 끝날지 알 수가 없다.

책 [약간의 거리를 둔다]에서 아무리 뒤섞어도 쑥갓은 쑥갓으로 자라는데, 인간은 사상적으로 타협해 유채를 심었는데 쑥갓으로 커버린 건 아닌지 모르겠다는 내용이 나온다.

쑥갓이 청경채가 될 수 없듯, 나는 그저 이렇게 태어난 나로서 그 어떤 사람이 되든 어떤 인생을 살든 어차피 나대로 살게 될 뿐인데 왜 사회의 기준에 맞춰진 '엄친딸'들에 빗대어 기죽고 쪼그라드는 시간을 보내왔을까?

지금까지 나의 선택은 물론 모두 나의 선택이었지만, 내 마음속 한 켠에는 항상 무거운 돌덩이 하나가 있었던 것 같다. "잘돼서 보여줘야 해"라는 돌덩이. 아마도 모든 내 선택에는 그 돌덩이의 무게가 조금쯤은 포함되어 있지 않았을까? 누가 시킨 것도 아닌데 나는 부모님의 자랑거리가 되고 싶었던 거였다.

내가 아무리 팀장이 되어봤자 기계공학박사가 되어 벌써 번듯한 가정을 꾸린 엄마 친구 아들보다는 못하고, 내가 아무리 손재주가 많아 용돈 벌이를 해도 착실하게 대기업 은행을 다니다가 좋은 집에 시집간 사촌 언니에 빗대면 쭈글쭈글한 노처녀이고, 내가 아무리, 지금은 2보 전진을 위한 1보 후퇴라고 근사하게 포장해도 결국은 학벌 낮은 능력 없는 백수 노처녀. 그런 내가 마음에 들 리가 있나. 나는 이런 나밖에 못된 내가 항상 싫었고, 원망스러웠으며, 무슨 노력을 해봐야 늘 뒤처지는 존재였다. 그래서 그런 욕심들에 항상 못 미쳐 '어디서부터 잘못된 거지?'라고 항상 나의 삶을 잘못된 거로 생각해 왔었다.

이렇게 내가 스스로 잘못된 인생으로 몰아가는데, 회사라는 공간에서의 비난이 가볍게 들릴 리가 없었던 것 같다. 돌아보면 나는 작은 일에 쉽게 지쳤고, 나를 질책하고 비난하는 사람들에게 유난히 크게 반응했고, 굳이 마음에 둘 필요가 없는 그들을 내 마음속 돌덩이 위에 하나하나 쌓아 올리고는 점점 무거워지는 무게에 지쳐가고 있었던 것이다.

이제 무거운 돌덩이를 내려놓으려 한다. 지금까지의 방법으로는 나는 빛나는 사람이 될 수가 없었다. 그래서 그 잘못된 방법이나 욕심들을 다 내려놓아야겠다.

나도 빛나는 존재가 되고 싶다. 지금 내 모습 그대로 자랑스러운 친구, 자랑하고 싶은 딸이 되고 싶다. 스스로 빛나는 존재가 되기를 방해했던 마음의 무거운 돌덩이들을 이제 내려놓으려고 한다. 그래서 언젠가 내가 가는 길마다 '오 좋은 길이야!', '나, 정말 멋진데!'라고 내가 나에게 말해 주고 싶다. 더불어 나를 비롯한 우리 모두 그 존재만으로도 꼭 빛나는 존재가 되기를 간절히 바란다.

불타오르게 일하다 재가되기

벼랑 끝에 매달려서도 한 자락 불씨가 되고자
면접을 본 상황에서 면접관이 물었다.
"경력이 많으신데 아직도 신입 같은 열정의 불씨가
남아 있으신가요?"
실소가 나왔고 나는 이렇게 대답했다.
"저는 재가 되기 싫습니다."

불타오르게 일하다
재가 되지

일상이라 정의되는 "지금"의 궤도에서 벗어나는 게 얼마나 힘이 드는지 오랜 시간 회사원으로만 살아오며 알게 되었다. 결국 정신적인 벼랑 끝에 매달려서야 '나는 이제 더 이상 이 벼랑에 매달려 있을 힘이 없다'라는 결론을 내렸다. 이 매달린 손을 놓아야만 했다.

권력을 휘두를 수 있는 높은 자리에 올라가는 것도 나에게 는 매력이 없었다. 워낙 좋은 상사, 좋은 어른을 구경하지 못 해서 그런지 나도 이렇게 가다간 누군가의 선한 마음에 눈물의 씨앗을 던지는 악덕한 사람이 될 것만 같았기 때문이다. 대한민국, 헬조선에서 여자가 15년간의 회사생활을 했다는 건 나로서는 최선이었고, 용기였으며, 더 이상 태울 불씨가 남아 있지 않다고 해도 과언이 아닐 정도였다. 아니 이제 더 이상은 열정이라는 화로에서 잘 타는 땔감으로 살기가 싫었다.

벼랑 끝에 매달려서도 한 자락 불씨가 되고자 면접을 본 상황에서 면접관이 물었다.

"경력이 많으신데 아직도 신입 같은 열정의 불씨가 남아 있으신가요?"

실소가 터졌다. '지금 나한테 불씨라고 말했는가?' '나에게 더 나를 태우라 말하는가?'

나는 대답했다.

"저는 재가 되기 싫습니다."

그렇게 불타오르다 재가되지.

제발 좀 태우라 말하지 마라. 그리고 태우겠다 말하지 마라. 열정은

불씨가 아니다. 뜨거운 마음은 태우는 게 아니라 차가움을 녹이는 데 쓰자. 우리 이제 재가 되지는 말자.

싹싹하지 말자

싹싹하지 않은 여자도 매력이 있다. 싹싹함 말고 다른 매력이.
비빔밥 먹을 때나 '싹싹' 비벼 먹자.
싹싹하고 싶으면 너나 싹싹 비벼 드세요.

싹싹하지
말자

나는 디자이너로 10년 하고도 5년이 넘게 회사에 다녔다. 마지막으로 퇴사한 회사는 소규모 디자인 회사였는데 입사한 지 한 달쯤 되던 때에 나보다 나이는 많지만, 직급은 같은 남자 직장동료가 나를 따로 부르더니 이런 말을 했다.

"좀 싹싹하면 안 돼?"

사회생활, 굴러먹을 만큼 굴러봤다고 생각했는데 복병은 두루두루 분포해 있었고 종류는 가지가지, 이유도 고루고루,

라임이 돈아 주신다.

　커피는 여자가 타야 보기에 좋다는 거지 같은 상식,

　신입직원을 막내라고 부르며 딸한테는 안 시킬 청소나 탕비실 잡일을 시키는 꼰대 정신,

　막내 직원이면 먼저 출근해 자기 책상 위를 걸레질해놓으라는 냄새 나는 사상,

　경력이 많든 말든 자기보다 어린 여직원이면 자기 말을 들어야 한다는 조선시대식 발상,

　모든 일에 "여자라서 그래"하고 마무리하는 정신 나간 착각,

　그런 일들을 겪으며 사회생활을 해온지라 이제는 크고 작은 다양한 대우와 상식에 웬만큼은 단단해졌다고 생각해 오던 즈음이었다.

　마음속으로 생각하고 욕했을지언정, 나의 눈을 보며 직접 말을 내뱉은 사람이 사회생활 십여 년 동안 처음이었던지라 나는 약 6초 정도 말을 잊지 못했다. 그리고 나는 생각했다. '이 사람, 도대체 어떤 사람이길래 나에게 싹싹함을 요구하는

건가?' 6초가 지난 후에도 나는 그 뜻을 알지 못했기에 "네? 제가 일 적으로 싹싹하지 못한 부분이 있었나요? 부족한 부분이 있으면 말씀해 주세요"라고 되물었다.

그는 나의 전임자였던 여직원이 굉장히 싹싹하고 사무실 식구들을 잘 챙기며 사근사근하게 사무실의 잡일을 도맡아 하고 잘 받아주는 애교 많은 성격으로 그들이 말하는 '성격 좋은 사람'이었다고 했다. 그래서 윗분들(사장님, 실장님, 부장님)이 굉장히 예뻐하셨다고, 여자들 중 가장 맏언니인 내가 그렇게 행동해주면 사무실 분위기도 좋아지지 않겠냐고.

도대체 이런 말 같지 않은 말을 언어랍시고 내뱉는 사람이 궁금해졌다. 본인이 왜 그분들의 생각을 대변하는지도 아이러니인 데다 왜 나에게 싹싹함을 요구하는지를, 웃음을 요구하는지를, 애교 있는 생활을 요구하는지를.

일을 하는데 왜 애교가 필요할까? 그 망할 놈의 애교와 리액션은 대한민국 여자들에게 요구되는 필수 덕목이란 말이던

가. '싹싹한 거 좋아하면 본인이 싹싹하면 되지 왜 나에게 요구하는 거지?'라고 생각하니 실소가 터졌다. 그럼에도 불구하고 "저도 싹싹하지 않은 성격은 아니지만 일하는 공간에서 그런 것을 요구하지 말아 주십시오"라고 정중하게 말하며 기분 좋게 대화를 마무리하긴 했지만 찝찝하고 불쾌한 마음은 가시지 않았다.

나에게도 분명 애교와 싹싹함이 존재한다. 그것들은 나도 모르게 가끔 불쑥 튀어나와 나 스스로 놀라곤 한다. 커피? 타줄 수 있다. 직장동료도 분명 사람이기에 정이 들고 인간으로서 친해지면 얼마든 싹싹하게 대해줄 수 있다. 하지만 그 모든 것들은 어디까지나 내가 중심이 되어 '내가 원할 때' 여야 한다. 나라는 사람은 일할 때 애교나 싹싹함을 탑재하지 않는다. 그것들이 업무에 별로 도움이 되지 않는다고 생각하기 때문이다. 이런 말을 하면 여자 후배들은 멋있는 센 언니로 통칭하고 남자들은 독하거나 세다고 말한다. 왜 직장생활을 오래 한여자는, 30대 여자는 독하고 세며 인간적이지 않은 모습이어야만 하는지 알 수 없는 일이다.

심지어 '여적여'라는 말까지 만들어 '더 싹싹한 여자 되기' 대열에 합류해 기꺼이 경쟁에 참여하는 모습을 관찰하고 있노라면 가끔 회사가 동물의 왕국 같아 보이기도 한다.

내가 일을 할 때 싹싹함을 거부한다고 해서 뇌의 한쪽이 마비되어 있는 건 아니다. 나도 때와 상황에 따라 필요하다고 판단되면 여성스러움으로 조금 이익을 볼 때도 분명히 있다는 것을 안다. 하지만 그 누구도 그것을 강요할 수는 없다. 겨우 그런 것에 스트레스를 받느라, 싹싹하지 않은 자신을 싫어하느라 보석같이 빛나는 자신의 장점을 숨겨서는 안된다. 어떤 책에서 '말에는 창의력이 있어 자꾸 들으면 정말 그런가 하고 생각하게 된다'는 글을 본 적이 있다. 그런 귀중한 말 한마디를 겨우 '싹싹해 달라'라고 요구하는 것에 쓰다니.

싹싹하지 않은 여자도 매력이 있다. 싹싹함 말고 다른 매력이.

내가 말하고 싶은 건, 일터에서는 여자와 남자가 아닌 서로를 인간으로서 대했으면 좋겠다는 것이다. 서로의 여성스러움, 남성다움을 어필할 시간이 우리에겐 따로 있지 않던가. 아름다운 노을이 지는 저녁, 불빛 아련한 밤거리, 마음 가벼운 주말 등 얼마나 많은 시간 우리가 매력적일 수 있단 말인가!

싹싹하지 말자. 그냥 나로서 즐거운 인간관계를 구축하자.
싹싹해 봐야 더 높은 '싹싹력'을 요구할 뿐 그 어떤 것으로도 보상받지 못한다.

비빔밥 먹을 때나 '싹싹' 비벼 먹자.
싹싹하고 싶으면 너나 싹싹 비벼 드세요.

대단한사람이 되고싶어서

그제야 '나는 왜 꼭 그것이 되어야 할까. 어쩌면 나하고는
결이 다른 인생이 아닐까, 내 것이 아닌 것은 아닐까' 하고
생각하게 된다. 내 것이 아닌 길을 욕심 내니
마음에 열이 날 수밖에.

대단한 사람이
되고 싶어서

가끔 내가 되지 못한 것을 두고 '나는 왜 대단한 사람이 되지 못할까'라는 생각에 지배당해 마음이 뜨겁고 머리가 시끄러운 날들이 있다. 가령 '잘한다'는 몇 마디 말에 들떠 "왜 나는 더 대단한 사람이 되지 못할까?" 하는 되지도 않는 욕심을 덥석 베어 물때가 있다.

'누구나 대단한 무엇이 될 수 있는 시대'에 나도 어서 대단한 무엇이 되고 싶어 수시로 조바심이 난다. 마음이 바빠지고 자꾸 마음에 열이 난다. '무언가 대단한 것이 되지 못한' 불안에 빠진다.

서울에서 나고 자랐지만, 한국이 너무 싫어 이탈리아로 이민을 간 친구가 있다. 그 친구는 "서울에 있으면 자꾸 불행해져. 빨라야 하고 앞서야 하고 돈이 많아야 하고.... 해야 할 것들은 저 위에 있는데 나는 너무 바닥에 있어서 그 갭을 채우기 위해 노력하는 게 너무 지치는 것 같아"라는 말을 했다.

내 마음도 가끔 도시살이처럼 살다 보면 앞뒤가 꽉 막혀 '하트 러시'가 된다. 도착 시각은 정해져 있고 남들은 다 도착한 것 같아 조바심은 나는데 차가 밀려 옴짝달싹 못 하는 상태. 생각만 해도 초조하고 밀린 마음이 뜨거워지고 불안해진다. 하지만 그 순간에도 나는 창을 열어 한강 풍경을 느끼긴커녕 바람 한 점 쏘일 겨를이 없다. 몸은 멈춰 있지만, 마음이 널뛰기 때문이다. 한참 먼저 도착한 사람들 생각에, 그 사람들 대단함에 나의 초라함을 견주는 자격지심까지, 너무 분주하다. 이렇게 하트러시가 시작되면 마음속 깊은 곳까지 불안이 자리 잡는다.

바쁘게 달아오른 마음의 열을 내리는 방법으로 나는 시를 읽는다. 몸도 마음도 바쁜 세상, 내가 보지 못하고 지나친 사소하고 아름다운 것들을 발견하고 주워 글로 바람을 만드는 사람들이 시인이 아닐까 생각한다. 시를 읽는다는 것은 마음에 바람이 불게 하는 일이라는 믿음이 생긴 것은 서른 즈음 읽은 "이렇게 살 수도 없고 이렇게 죽을 수도 없을 때 서른 살은 온다"는 최승자 시인의 [삼십세]라는 한 편의 시 때문이다.

구구절절 설명하지 않아도 짧은 단어나 한 문장으로 나의 마음이 명확하게 묘사된 시를 읽을 때 마음에 바람이 분다. 한 소끔 마음 열이 식고 나면 내가 보인다. 그제야 '나는 왜 꼭 그것이 되어야 할까, 어쩌면 나하고는 결이 다른 인생이 아닐까, 내 것이 아닌 것은 아닐까' 하고 생각하게 된다. 내 것이 아닌 길을 욕심 내니 마음에 열이 날 수밖에.

마음이 하트러시일 때는 시를 읽자. 사랑도 아닌데 심장이 떨리면 병이 아닐까. 자꾸 아프지 말고 마음에 바람만 좀 불게 하자. 오늘은 시나 한 편 읽으러 서점에 가야겠다.

'좋아요'로 경쟁하진 맙시다

엄마는 분명 이렇게 말했겠지.
"스트레스 받으면 때리 치아뿌라 마!"
그래 안 하면 되는데!

'좋아요'로
경쟁하진 맙시다

    퇴사 후 나는 글을 쓰고, 디자인과 캘리그라피 작업을 하는 프리랜서로 살고 있다. 가능하면 이렇게 내가 가진 재능으로 적당히 벌고 적당히 쓰며 살아가고 싶다. 그런데 이 지구상 대한민국 서울 구석 티끌만 한 나의 존재를 누가 알아줄 리 만무하고 다들 입을 모아 SNS는 해야 한다고들 한다. 그런데 이 'SNS를 해야 한다'는 사실이 스트레스가 되었다.

    SNS를 한다는 건 개인적인 공간이 생긴다기보다 무언가를 타깃으로 삼고, 노출이 되는 것을 목적에 두고 글을 쓰는, 그

야말로 무언의 경쟁 공간이다. 나의 경우 그런 무언의 경쟁이 별로 흥미롭지 않다. 경쟁을 피해 도망 다니는 나와는 결이 다른 카테고리랄까. 그래서 "어차피 해야 할 SNS"는 언제나 나에게 스트레스가 되었다.

자기 전에도 '해야 하는데..', 무언가를 먹고 나서도 '이런 것도 올려야 하나...', 책이나 영화를 보고 나면 '리뷰가 검색이 잘 될 텐데'라는 생각에 늘 일을 달고 사는 것 같았다. 누가 시키지도 않았고 아무도 강요하지 않았는데 스트레스를 덤으로 업고 있는 기분이었다. SNS에 너무 많은 시간을 할애하긴 싫지만 하기는 해야겠고, 그놈의 '좋아요'와 '공감'때문에 가끔은 이유 없이 울컥하기도 했다.

어느 날 밥을 먹는 중에 계속 배가 부르다고 하면서도 계속 숟가락을 놓지 못하는 나에게 엄마는 말했다. "배부르면 먹지 마라!" 그렇게 숟가락을 쉽게 내려놓게 된 나는 퍼뜩 그런 생각이 들었다. 좋아하는 일이 아니라 스트레스를 사서 받으면서도 그만두지 못하는 SNS는 끝까지 다 먹겠다는 욕심에 내려놓지 못한 숟가락과 같은 게 아닐까?

엄마는 분명 이렇게 말했겠지. "스트레스 받으면 때리 치아뿌라 마!"
그래 안 하면 되는데!

정보의 대홍수시대, 우리는 우리를 어필하기가 너무도 쉬워졌고 자기 PR의 수단으로 SNS를 하지 않는 것이 오히려 이상한 시대가 되었다. 그런데 이거, 하면 할수록 남의 장점과 나의 단점만 비교하며 나 자신을 깎아내리는 용도로만 쓰이는 것이었다. 정말 빈번하게 뭔가 하지 않는 자신을 채찍질하고 있는 나를 발견했다. 왕년에 파워블로거였던 분의 지침으로 일시적인 블로그 방문자 수가 늘어나기도 했으나 탐탁지가 않았다. 노출이 될 만한 키워드를 구석구석에 숨겨놓듯 계산적으로 쓰는 글을 마치 진정성 있는 글처럼 꾸미는 과정은 내 적성에 맞지 않는 카테고리였다. 누구나 할 수 있지만, 아무나 하는 일이 아니었다.

SNS가 뭐라고 낮은 방문자 수와 인사이트 속에서 많은 날들을 자기비하로 보냈다. 내가 잘하는 것에 집중하는 것이 아니라 내 재능을 보여 주고 싶어서, 알리고 싶어서 남들이 하는 것을 억지로 따라 하려 했던 것.

인생은 경쟁도 속도도 아닌 나만의 '방향'이라는 말도 있지 않은가. 분명 같은 콘텐츠를 다르게 풀어낼 나만의 방법이 있지 않을까 하는 생각이 들었다. 이렇게 마음만 먹으면 내가 선택할 수 있는 결정이었는데도 오랜 시간 SNS라는 것을 힘들게 싸매고 왔다는 생각이 들었다. SNS를 해야 한다는 마음 말이다.

남들과 같은 것을 죽어도 싫어하는 내가 사실은 남들이 가는 길에 어정쩡하게 서서 따라갈지 말지 고민만 하고 있었던 것 같다. 안 되는 것은 안 되는 것, 남의 길에 서서 나는 왜 안 되느냐고 아무리 소리쳐 봤자 될 턱이 있나. 이제 그만 그 길에서 벗어나 보려 한다. 남의 길에서 깨끗이 비켜주고 나만의 진정성이 담긴 콘텐츠를 만들어 보기로 했다. 저품질 블로그가 되지 않기 위해 머리를 써서 만드는 콘텐츠가 아니라 그저 나의 이야기를 담백하게 쓰는 글이 좋다.

누구나 자신만의 길이 있을 것이다. 아직 발견하지 못했거나 혹은 남의 길에서 어중간하게 서 있거나. 하지만 다 괜찮다. 열심히 해도 잘 안 되는 일이 있다면 잠시 옆길로 비켜나서, 조금만 지켜보면 그 길이 내 길인지 아닌지 보인다. 절대 서두를 필요가 없다

혼자 벌어먹고 살아가는 길, 얼마나 무섭고 깜깜한지 모른다. 하지만 누군가 정해 놓은 길 위에서 오지도 가지도 못하는 것보다는 이렇게 내 길이 아닌 것은 리스트에서 제쳐가고, 또 넘어져 가며 내 길을 찾아가는 여정이 마음에 든다. 남들이 다 한다고 해서 안 하면 불안해지는 마음이야 어쩔 수 없지만, 굳이 남들과 같은 길에서 스트레스에 조급함까지 얻어가며 경쟁할 필요가 있을까.

나는 이제 더 이상 '좋아요'로 경쟁하지 않을 것이다. 그저 나만의 '좋고 따뜻한 것'을 계속 만들어나갈 예정이다.

커피는
천천히 마시는거야

모르긴 몰라도 커피는 버티기 위함이 아닌 삶의 빈틈을
조금 즐겁게 만들어주기 위해 만들어진 게 아닐까.

커피는
천천히 마시는 거야

워킹홀리데이로 베를린에 살던 시절, 아침에 눈을 떠 커피를 내리고 그 커피를 마시며 새소리와 성당 종소리를 듣는 게 너무나 매력적이었다. 그리고 어딘가에서 흘러나오는 바흐의 무반주 첼로 곡은 나의 아침 풍경을 바꿔 놓았다.

초록 풍경이나 성당의 종소리 그리고 커피 향 같은 일상의 아주 흔한 것들이 어우러져 아침의 분위기를 결정한다. 매일 아침 6시쯤 눈을 뜨면 세수도 하지 않고 자전거를 타고 나가 갓 구운 빵을 사 오는 것이 하루의 시작이었다. 자전거를 잘

타긴 하지만 올라타는 만큼 많이 넘어져 자전거를 무서워하는 와중에도 갓 구운 빵을 사러 달리는 길은 그렇게 즐거울 수가 없었다.

한국에 와서 제일 아쉬웠던 건 아침에 동네 어귀에서 갓 구운 빵을 먹을 수 없다는 것이었다. 물론 그들에게 빵은 우리에게 밥이니 당연한 말이겠지만. 원래 나는 아침에도 밥과 국을 고수하는 토종 한국 입맛이었지만 의외로 독일에서 한국음식이 크게 아쉽지가 않았던 것이 나는 꼭 한국에서 살지 않아도 된다는 생각을 하게 만들었다. 해외에 나가 음식 때문에 고생한다는 말이 무색하게 치즈를 덩어리째 손에 들고 다니며 먹고 와인의 풍부한 맛까지 알아버려서 한국에서 먹는 와인의 아쉬움에 곤란한 지경이 되었다.

매일 반복되는 사소함은 위대하다.

인생에 있어 큰 결심이나 환경의 변화는 당장 자신을 엄청나게 변화시키지는 못하지만, 그 결심으로 인한 삶의 사소한 변화들이 시간을 두고 천천히 조금씩 자신을 다른 사람으로 만드는 것 같다.

살아보는 여행으로 인한 나의 가장 큰 변화는 나의 커피 취향 변천사인데, 단맛에 먹는 카페모카로 시작한 내가 지금은 에스프레소의 맛까지 알 정도의 커피 애호가가 되었다. 아침마다 원두를 핸드밀로 갈아 원산지별로 먹어본 결과 좋아하는 원두도 생기고 요즘엔 콜드브루까지 섭렵하게 되었으니 하루에 커피를 세 잔까지 먹는 것 같다.

그런데 여기서 문제가 생겼다. 물론 커피만의 탓이겠냐 만은 커피를 두 잔 이상 마시는 날이 늘어나니 그렇게 튼튼하지 않은 위장은 잦은 고장을 일으켰고 이제는 2년에 한 번씩 위내시경까지 하게 되었다. 게다가 역류성 식도염이나 역류성 인후염 같은 질환까지 달고 사는 지경. 물론 이 위장질환의 8할, 아니 9.9할은 회사로부터의 스트레스, 회사가 나에게 남겨준 훈장쯤 이겠지만 한번 고장 난 위장은 원상태로 잘 돌아가지 않는다. 역류성 질환은 어디가 많이 아프다기보다는 소화가 더딘 육류나 위산이 많이 발생하는 단백질류, 카페인이 포함된 음료나 음식 등등을 마음대로 먹지 못하는 불편함이 너무나도 크다. 음식물을 씹었는데 삼키지 못하는 지경이 되면 절로 떠오르는 박과장, 김대리, 이부장 생각에 '씹어 삼키기라도 잘해야 내가 또 이 삶을 버텨낼 텐데'라고 정신을 차리며 악착같이 목구멍으로 통과시키곤 한다.

이렇게 나의 아침을 소소한 행복으로 만들어 주던 커피가 하루를 억지로 버텨내기 위한 수단이 되자 내 몸에 독이 되었던 것이다. 팍팍한 하루를 몇 잔의 커피로 버티는 사람들, 그로 인해 병드는 사람들의 위장. 그렇게 카페인으로 질기게 버틴 회사생활은 즐겁지 못했고 커피는 줄여야 하는 것이 되었다.

모르긴 몰라도 커피는 버티기 위함이 아닌 삶의 빈틈을 조금 즐겁게 만들어주기 위해 만들어진 게 아닐까.

질기게 버티기 위해 마시는 커피 말고 지금 나의 기분을 말

랑말랑하게 만들어주는 여유 있는 커피 한 잔 하는 게 어떨

까?

정말고
돈으로 줘

정 없다는 소리까지 들으며 거절하는 순간이 많아지면
정말로 그들과 나 사이에 남은 정이 뚝 떨어질지도 모른다.

정 말고
돈으로 줘

한국은 유난히 '정 많은 사람'이 많다. 어찌나 정이 넘치시는지 종종 정을 담보로 디자인이나 캘리그라피 작업을 요구하는 사람들이 참 많다. (정말 많다)

담보 잡힐 정이라도 없는 사람은 밥 한 끼로 디자인을 해 달라고 요구하고 거절하면 '정 없는 인간'이 된 것 같은 찝찝함에 하루 정도는 일이 손에 잡히지 않는다.

나는 어릴 때부터 뭔지도 잘 모르는 디자이너가 꿈이었는데 딱히 디자인과 관련된 어떤 것에 적성이 있었다기보다는 중학교 때 386 컴퓨터가 각 가정에 보급되며 새롭게 떠오른 '그래픽 디자이너'라는 직업이 멋있어 보였고 그 직업이라면 '쩍벌'도 못하는 타이트한 치마를 입고 사무실에 앉아 커피를 타는 일을 안 해도 될 것 같았다. (어린 마음에 전문직은 차별당하지 않고 당당하게 살 수 있을 거라 생각했나 보다)

디자인을 한다는 건 단지 내가 그리고 싶은 그림을 그리는 일이 아니기 때문에 '내 만족' 보다는 '남의 만족'을 더 생각해야 한다. 그리고 작업을 의뢰하는 의뢰자 또한 그 작업에 대한 기획 의도와 니즈를 잘 파악하고 있어야 한다.

"와우~하고 스펙타클하게 해주세요", "화려하지만 심플하게요", "클래식하면서 감각적인 느낌으로요" "뭔가 부족한데 그게 뭔지는 모르겠어요" 같은 요구를 하면 사공이 많지 않아도 결과는 산으로 간다. 너의 의도를 내가 어찌 알겠으며 당신의 화려와 나의 화려는 느낌조차 다를 것이고 도대체 클래식, 모던, 스펙터클 같은 단어로 네가 바라는 걸 내가 어떻게 파악

하라는 걸까?

늘 그랬듯 '급하니까' 작업 기간은 '최대한 빠르게'인 데다, 의뢰인은 이미 "간단한 거잖아요"라는 말로 주문을 시작한다. 그렇게 간단하면 네가 하면 될 것을. 아무튼 그렇게 작업이 시작된다. 보통은 디자인 작업을 의뢰하는 사람이 디자인 비전 공자이거나 하다못해 지인 중에 디자이너가 없는 사람들이라 디자인 비용에 대해 무지하다. 심지어 내 지인들조차도 가볍게 부탁을 하려다 디자인 비용을 듣고선 사레들린 듯 급하게 전화를 끊기도 한다. 본인이 의뢰하는 작업이 본인에게 매우 중요한 작업이라면서 왜 돈 몇십 만원에 사레들린 듯 놀라는지 모르겠다.

디자인이 왜 정을 담보로 안 되는 작업인지 모르는 사람들을 위해 그놈의 디자인 비용을 한번 따져보자. 우선 작업이 시작되면 바로 포토샵이나 일러스트레이터를 켜는 게 아니라 구상, 즉 기획이 이루어진다. 생소한 작업이라면 '시장 조사'도 해야 한다.

그런 구상의 과정을 거친 후 30만 원짜리 2페이지 분량의 카탈로그를 3일 동안 디자인한다고 치자. 2박 3일, 72시간 중 잠자는 시간, 이동 시간, 밥 먹는 시간 등등 개인적인 모든 시간을 넉넉하게 빼면 48시간이라는 결과가 나온다. 밥만 먹고 잠만 자고 급한 일만 처리한다 치면 현재 최저시급 7,530원으로(2018년 기준) 계산해도 361,440원이 나온다. (내년에는 무려 8,350원이 된다지?) 나는 최저시급만도 못한 금액으로 꼬박 48시간 동안 '급하게' 작업을 해야 한다. 위 금액은 순수한 나의 노동에 대한 비용이고 여기에 나의 디자인 아이디어 비용을 더해보자. 한 프로젝트당 보통 2~3가지 시안을 요구하는데 숫자만큼 배수로 계산하면 너무 정 없으니까 아까 계산한 '내 노동에 대한 최저시급의 대가'만큼을 아이디어 비용으로 책정해 보면 금액의 합계는 361,440+361,440 = 722,880원이 된다.

여기서 끝이 아니다. 아직 수정이 남았다. 수정은 새로 프로젝트를 엎지 않는 이상 순수한 노동으로 간주하고 시간당으로 계산한다. 수정을 4시간 했다고 치자. 4×7,530=30,120원이 된다. 이것을 더하면 총금액 722,880+30,120=753,000원이다. 여기다 디자이너 개개인의 실력이나 경력 등의 대가도 더해야 하나? 아, 너무 정이 없는 사람인 것 같아 여기까지 계산하겠다.

이렇게 금액으로 환산해보니, 내가 3일 동안 고생해서 벌수 있는 최소한의 금액은 753,000원이 된다. (그런데 지인 할인으로 30만원에 해준다) 이래도 정을 담보로, 혹은 밥 한 끼에 디자인을 부탁하고 싶은가? 3단 전단을 400장 인쇄해도 20만원이 넘는다. 기계를 한 시간 남짓 돌리는 데에도 20만원이 넘는 비용이 발생하는데 어째서 디자인 비용을 깎으려 하는가?

가장 놀라운 건 밥 한 끼 조차의 비용도 지불하지 않고 디자인을 '요구'한 사람이 제일 말이 많다는 것이다. "공짜로 부탁해서 이렇게 해준 거야?", "내가 맛있는 밥 한 끼 살게, 신경 좀 써줘"라는 말로 공짜지만 공짜가 아닌 것처럼, '클래식하고 감각적'으로 작업해 달라 당부한다. 그 말은 일을 의뢰한

본인도 공짜로 일을 맡겼으니 잘 해주지 않을 것 같은 찜찜함이 있다는 것이 아닐까? 당신의 중요한 디자인 작업을 그렇게 찜찜하게 완성하고 싶은지 나는 묻고 싶다.

얼마 전 내가 본인과 친하다고 생각하시는 어딘가의 대표님께서 '멋있을 것 같아서'를 이유로 본인 회사의 서브 카피를 캘리그라피로 써주길 부탁하셨다. 물론 비용은 정으로. 그 외 본인 커플의 기념일에 만들 현수막 문구를 밥 한 끼에 써달라는 사람도 있었고, '간단하니까' 한 문장 써달라는 요구는 수도 없이 많았다.

명함 인쇄비가 2만원인데 2만원에 '디자인' 해달라는 사람들, 프리마켓에서 오천 원에 써주는 즉석 문구를 스캔해서 회사 로고를 만드는 사람들, 그리고 그렇게 작업을 해주면 2%가 부족한데 그게 뭔지 모르니 해결해 달라는 사람들.

나는 정이 많은 사람이다. 그래서 내가 좋아하거나 디자인을 필요로 하는 사람의 일은 부탁하기 전에 주로 해주는 편이다. 그리고 다수에게 도움이 되거나 공익적인 이유로는 얼마든지 무료 작업을 '기쁘게' 해주고 싶다. 그런데 개인의 만족을 위한 '멋있을 것 같아서' 같은 이유에는 크게 반응하고 싶지 않다. 단지 사회적으로 조금이라도 지위가 있으신 분들의 부탁은 들어주는 게 우리 사회에서는 '정 있는' 사람으로 분류되는 것 같아서 거절하는 마음이 항상 찜찜할 뿐.

나는 진심으로, 이제 디자인 작업을 의뢰하는 사람이 적어도 '디자인'을 밥 한 끼나 정을 담보로 평가절하하여 대우하지 않기를 바란다. 아니 정 따위를 담보로 요구하지 말기를 바란다. 더불어 무언가를 의뢰할 때에는 스펙터클, 판타스틱 같은 단어를 쓰지 말고 본인이 원하는 것을 정확하게 이야기해 주기를 바란다.

정 없다는 소리까지 들으며 거절하는 순간이 많아지면 정말로 그들과 나 사이에 남은 정이 뚝 떨어질지도 모른다.

무서운 눈길은 넣어둬

'눈길이 무서운 사회는 살 만한 사회가 아니다.'

무서운 눈길은
넣어둬

김정운 작가님의 [노는 만큼 성공한다]를 읽다가 한 구절에서 책 읽기를 멈추었다.

'서로 바라보는 눈길이 무서운 사회는 살 만한 사회가 아니다'

이 구절을 읽고 한 가지 기억이 떠올랐기 때문이다. 내가 독일에 워킹홀리데이라는 명분으로 아무것도 하지 않는 장기간의 놀러 갔을 때 사람들의 미소들이. 낯선 사람과 눈이 마주쳤을 때 웃기란 쉬운 일은 아니다. 하지만 상대 쪽에서 먼저 용기 있게 미소를 보낸다면 순간의 얼어붙은 분위기는 급반전 되곤 한다. 특히 유럽인들은 비교적 체구도 작고 어려 보이는 동양인들을 귀엽게 바라보는 경향이 있어서 그런지, 대부분 온화하고 따뜻한 미소를 보내곤 했다. 미소를 받는 순간의 '예상치 못한 행복'과 같은 사소한 행복들이 사람들 사이의 분위기와 관계를 바꿀 수 있다는 생각을 베를린에서 할 수 있었다.

그런데 바라보는 눈길이 무서운 사회라니, 너무도 슬퍼졌다. 나 또한 누가 나를 빤히 쳐다보면 '하트시그널'로 받아들이기보단 '왜 때문에?', '뭐지?, 눈싸움인가?, 이겨줘야 하나?' 라고 생각할 것이 뻔하기 때문이다.

약 서른여섯 해를 오롯이 한국 사회에서 살며 내가 지치는 이유는 '누가 나를 어떻게 생각하는지가 너무 신경 쓰여서' 이다. 그렇게 남의 시선이 무섭다는 사람들이 출퇴근 지하철에서는 누구 하나 다리가 부러져 나가도 싸늘하게 모른 척 할 만큼 부들거리며 자신의 몸을 구겨 넣을 정도로 돌변한다. 그런 풍경을 자주 접하니 가끔은 속이 울렁거리기까지 했다. 급기야 회사 안에서만 소변이 나오지 않는 사태에까지 이르자, 나는 두 손 두 발을 다 들고 '퇴사'를 외쳤다. 이대로 정신과에 가야 하나, 나는 어떻게 다시 사람이 따뜻하고 좋아질까, 사람과 아주 소소한 관계라도 다시 맺을 수는 있을까 하는 생각으로 머리가 혼잡해서 돌지나 않으면 다행이었다.

행복하지 않은 사람들, 마주치는 눈길이 시비가 되는 사람들, 생각만 해도 너무 슬퍼 당장이라도 땅속으로 꺼지고 싶어진다. 퇴사 후 그런 눈길들에서 좀 멀어져 마음에 조금 바람이 부는 것 같았는데, 역시 다시 사람들과 관계를 맺을 생각을 하니 아직도 멀었다는 생각이 들었다.

요즘 공유 작업실을 구하고 있는데, 한 공간을 함께 쓰는 사람들이 나에게 가질 관심이 무서워 최대한 관계를 맺지 않아도 될 독립적인 공간을 고르다 보니 시간이 늦춰지고, 그렇게 시간이 늦춰지다 보니 두려움이 더욱 커지는 것 같았다.

나는 왜 이런 환경에 놓여서 더욱더 뻔뻔해지지 못하고 한

없이 작아지기만 하는지, 역시 '탓' 중에 가장 쉬운 건 '내 탓'이라며 한탄하기를 반복하다가 찾은 방법이 책을 집어 든 것이다. 시간이 생긴 김에 이 책, 저 책 많이 기웃거렸다. 사람에 대한 눈길을 책으로 돌린 것이다.

그렇게 눈길을 돌리고 마음에 바람은 아니어도 입김이라도 불어주고 보니, 나부터 남의 행복에 눈길을 두지 말자는 생각이 들었다. 남의 행복이 궁금하지 않으면 나의 행복에 온전히 집중할 수 있고, 내 행복을 찾아가다 보면 타인의 시선에서도 조금 해방될 수 있지 않을까? 그렇게 나부터 남에 대한 비판과 어두운 시선을 거두어야만 한다고 생각했다. 결국 남과 나의 비교에서 모든 불행은 시작된다. 눈길을 주지도 말고 받지도 말고 신경 쓰지도 말아야 한다.

대한민국, 그것도 서울에서 그런 편안한 미소를 담은 눈길이 오갈 것이라고 기대는커녕 불가능에 가깝다는 생각은 아직도 지울 수 없지만 그래도 나부터, 무서운 눈길 대신 친절한 눈길로 사람들을 보려 한다.

무서운 눈길은 넣어두자 제발.

나부터좀
위로하자 제발

행복하지 않은 채로 그냥 행복을 포기했다.

나부터 좀
위로하자 제발

"그대여 아무 걱정하지 말아요. 우리 함께 노래합시다."

무심코 흘러나온 전인권의 [걱정 말아요, 그대] 노래가사에 새삼 진하게 위로가 된 적이 있다. 나도 모르게 마음을 스르르 놓게 되어 위로는 이런 건가 하는 생각이 들었다.

서점의 에세이 코너에는 "퇴사했어?"와 "나는 괜찮아", "너는 행복하니?"라고 말을 거는 책들이 즐비하다. 어느 날 그렇게 놓인 책들을 보며 그냥 그대로 마음 한구석이 짠해졌었다.

언급할 대로 언급해서 이제는 낡은 느낌마저 드는 우리의 행복에 대한 이야기들. 왜 이렇게 위로가 필요한 세상이 되었을까.

사랑이 너무 지치고 힘들면 나는 그 사랑이 물리는 느낌이 들었다. 그래서 그냥 다 그만두고 싶었다. 행복이라는 단어 또한 나는 이제 좀 지친다. 도대체 어떻게 해야 행복에 도달할 수 있다는 말인지, 고민해보고 걱정도 해보고 찾고 찾다 보니 질려버렸다.

행복하지 않은 채로 그냥 행복을 포기했다.

나는 늘 내가 너무 부족했다. 인스타그램에는 나보다 잘난 사람들이 즐비했다. 그들에 비하면 나는 지겹고 뻔하고 식상했다. 지금 나 정도로는 만족이 안 되니 늘 나의 상태는 "내 인생은 왜 이래?"였다. 나 정도의 재능은 흔해 빠졌다는 것을 가벼운 터치 하나로 알 수 있는 세상이다. 인스타그램의 의미도 없는 하트 하나에 하루의 기분이 좌지우지되기도 했고, 남의 장점과 나의 단점을 비교하며 왜 내가 이렇게 부족한지에 대해 끝없이 생각해 보게 되었다.

그렇게 한없이 부족한 내가 잘될 리 만무한 세상이다. 나는 오늘도 나의 부족함을 손수 헤아리고 있다가 "너무 걱정하지 말아요"라는 노래 가사에 울컥해진 나를 위로해 주고 싶어졌다.

저 테이블에 내가 앉아있다. 그녀는 자기 재능으로 잘 되지 못하는 자신을 너무 오래 탓해왔다고 한다. 세상에 잘난 사람이 이렇게 많아서 자기 실력으로는 어림도 없다고 했다. 이쯤에서 그냥 다시 취직이나 해서 생계나 이어나가야 하는 게 아니냐고, 그냥 이 삶에 만족하고 좀비처럼 출퇴근을 해야 하는 게 아니냐고 말한다. 수많은 부조리와 비합리에 지친 그녀의 입에서 또 그 부조리와 비합리가 난무하는 세상 속으로 기꺼이 억지로 들어가야 하는 게 아니냐는 말이 나오고 있다.

말은 그렇게 하지만 그녀는 이제 자신이 없어 보인다. 자기가 디자이너라는 사실만큼은 늘 만족했던 그녀였는데, 그 일마저 이제는 지친다고 했다. 모니터를 보며 자신의 행복이 자꾸만 다른 곳에 있을 것 같은 생각이 드는 날들을 자꾸 버티니까 가끔 죽고 싶더라고 했던 그녀가 다시 그 짓을 해야겠냐고 묻고 있다. 마음이 아팠다.

수많은 사람들 틈에 섞여 있는 그녀는 누구보다 밝고 자신 있어 보이는데, 왜 그렇게까지 생각하게 되었을까. 나는 그녀를 위해 무엇을 해야 할까. 정말로 죽고 싶어지는 그 세상 속으로 들어가는 것밖에는 답이 없을까?

어떤 책에서 자기 자신을 잘 비판하여 힘든 사람은 타인 또한 많이 비판하는 사람이라는 내용을 보고 뜨끔했다. 나는 그저 나 자신을 괴롭힌다고 생각했는데 내가 비판하는 타인의 모습을 나에게서 발견할 때마다 나는 나를 비판해왔던 것이다. 책에서 제시하는 해결책은 우선 타인에 대한 비판부터 멈추라고 했다. 나는 어찌나 싫고 좋은 게 분명한지 조금이라도 싫은 타인의 모습을 보면 속으로 수많은 비판을 해왔었다. 그리고 그 비판들은 메아리처럼 정확하게 일대일로 나에게 돌아왔다.

전문대밖에 졸업하지 못한 나, 대기업의 문턱에도 못 가본 나, 늘 허덕대는 회사생활을 해왔던 나, 그럼에도 부지런하지 못했던 나. 그런 나의 모든 선택이 후회됐다.

"왜 나는 더 공부하지 않았을까?"
"왜 나는 진작에 시작하지 않았을까?"
"왜 나는….."

결국 그 누구의 탓도 아니었다. 나를 괴롭힌 건 내 자신이고, 조금 늦었지만 지금이라도 부족한 나 자신을 그만 인정하고 타인이든 자신이든 모든 비판을 중단해야 했다. 내가 다시 회사원이 된다면 1년쯤 버티다가 또다시 그만두고 쉬고 싶다고 말할 것이 분명하기에 더 이상 악순환은 반복되어서는 안 되었다.

일단 나를 충분히 위로해줘야 한다. 후회도 소용없고 지난 시간은 다 내려놓고 자기 자신부터 진지하게 위로해주자. 나와 똑같은 사람이 저기에 앉아있다. 이렇게 시작하자. 그리고 들어주자. 그 혹은 그녀의 말을. 진짜 속마음을 찬찬히 하나하나 다 들어주고 적어보고 그 사람의 오늘을, 내일을 위해 고민해보자. '엘리스 전'의 [당신의 이직을 바랍니다] 라는 책에서, 일은 디즈니랜드로 가는 차 같은 거라고, 행복은 디즈니랜드에 있는데 왜 다들 차에서 행복하려고 하냐고 하는 말이 기억에 남는다.

나는, 당신은 그 누구든 디즈니랜드에 갈 자격이 있다. 돈이 없으면 벌어서, 있으면 그 돈으로 가면 된다. 디즈니랜드에 가고 싶다면 가기 위해 노력하면 된다. 이미 가진 채로 태어나 디즈니랜드에 몇 번이나 다녀온 사람은 나와 비교 대상이 아니다.

너무 걱정하지 말자. 지나간 것은 지나간 대로 그런 의미가 있다.

"남의 행복에 관심 좀 끄면 안되겠니

이런 부당한 감정을 느껴보지 못한 사람들은 말한다.
당시에 왜 "NO!"라고 말하지 않았느냐고, 그런데 나는
'거부' 이전에 '동의'가 먼저라고 생각한다. 예상치 못한
말이나 행동에 대한 거부를 어떻게 미리 할 수 있냔 말이다.
어떤 행동이나 말을 타인에게 전달하고 싶다면
상대방의 동의부터 구하는 게 먼저가 아닐까?

남의 행복에
관심 좀 끄면
안 되겠니

개그우먼 김숙이 출연했던 [SNL코리아]의 '걸크러쉬'라는 말을 실감한 콩트를 본 적이 있다. 부장이라는 사람이 "김대리 오늘 왜 저리 까칠해? 생리하나?"라고 말하자 김숙(분)은 "그럼 부장님은 어제 몽정하셨나 봐요. 기분이 좋아 보이네요? 우리 부장님 건강하시네!"라고 호탕하게 되받아치는 장면이 화제가 된 적이 있다. 그리고 어느 걸그룹 멤버가 [82년생 김지영]이라는 책을 읽고 있다는 언급만으로 팬들로부터 보이콧을 당하는 해프닝이 있었다.

그 해프닝과 관련한 실시간 댓글을 살펴보는데, 한 여고생이 [82년생 김지영]이라는 책을 읽으니 친오빠가 그런 쓰레기 같은 책을 왜 보냐고 했다는 내용부터, 여자도 군대에 가야 정신을 차린다는 밑도 끝도 없는 해결책까지 정말 아수라장이 따로 없었다. 누군가에게 칼이 될지도 모르는 말들을 마구 내뱉어도 된다고 생각하는 사람들, 이게 바로 혐오 시대를 사는 참모습일까.

처음 서점에서 [82년생 김지영]이라는 책을 보았을 때 '어? 나랑 동갑이네' 하고 가볍게 책을 집어 들었고 그렇게 펼쳐진 한 페이지에서 시작해 끝까지 그 자리에서 쉴 새 없이 읽어 내려갔다. 아직 내가 경험하지 못한 '육아' 부분을 빼놓고는 나의 일기장을 그대로 옮겨놓은 것이 아닌가 싶을 정도로 상황이나 소재가 비슷했고 나아가 내가 대한민국을 살아오며 느낀 감정들을 들킨 것 같은 황당함과 미처 입 밖으로 꺼내지 못해 삼키기만 했던 부끄러움들, 그리고 '이제서야' 이런 이야기들이 책이라는 결과물이 되어 내 손에 들려져 있다는 해방감과 미안함 등등 오만 가지 감정이 범벅 되어 먹먹해진 가슴을

쓸어내려야 했다.

얼마 전 돌잡이 딸 하나를 키우는 친구를 만나 이야기를 나누다가 친구가 딸을 데리고 나가면 어딜 가나 "이제 아들만 하나 낳으면 되겠네", "그래도 아들은 하나 있어야지"라는 말을 들어서 속상한 마음에 일면식도 없는 할머니께 아들을 낳을 생각이 없다고 소리쳤다는 에피소드를 들려주며 울분을 토했다. 세상이 변하고 있다지만 우리는 아직도 자주, 지속적으로 '남자가 중심인 세상에 살고 있다' 는 메시지를 받는다. '여자가 살아가는 어려움'을 말하는 것만으로도 혐오가 되는 세상에서 또다시 여자를 키워내는 것의 어려움에 대해 82년생 김지영은 말하는 것 같았다.

나는 자기주장을 확실하게 말하는 성격이다. 대학생 때부터 사람들은 그런 나에게 '성깔 있는 여자'라는 말을 자주 하곤 했다. 그래서인지 성깔 있는 남자들과 자주 부딪혔다. 성깔 있는 내가 귀여운 우산이라도 펼치면 "야 넌 귀여운 거랑 안 어울려. 애교 있는 유진이나 어울리지"라는 말을 듣곤 했고 내 돈 주고 내가 산 우산 내가 펼치는데 네가 무슨 상관이냐고 하면 "너 같은 애랑 누가 만나겠냐?"라는 소리를 들어야 했다.

그래, 나 성깔 있다. 알면 건드리지 말지 그랬냐.

어느 날은 조교님 방에서 우연히 우리 과 학생들의 성적표를 보게 되었는데 이상하게 남학생들의 성적이 전반적으로 훨씬 높은 것이었다. 참을 수 없었던 나는 교수님께 해명을 요구했는데, "남자는 장차 처자식 먹여 살려야 하잖아~"라는 무성의한 답변만 들려왔다. 이런 걸 바로 '어이없다'라고 표현하는 거겠지.

그렇게 무모한 시절을 지나 직장생활 전반전. 2000년 중반만 해도 성희롱은 너무 어려운 이슈였고 성희롱을 당했을 때 어떻게 행동을 해야 하는지도 무지했다. 출근길 엘리베이터 안에서 "어젯밤에 뭐 했어? 목에 이상한 자국이 있네?"라는 말을 회사 동료에게서 들었을 때 순간적으로 나의 수치심보다는 이게 네가 생각하는 그런 게 아니라는 걸 설명하는 데 급급해서 "아니에요, 모기 물린 자국이에요!"라고 대답했다. 뒤늦게 "그거 성희롱입니다"라는 말을 못 한 게 너무 분해서 이불킥을 날렸던 기억이 있다.

이런 부당한 감정을 느껴보지 못한 사람들은 말한다. 당시에 왜 "NO!"라고 말하지 않았느냐고. 그런데 나는 '거부' 이전에 '동의'가 먼저라고 생각한다. 예상치 못한 말이나 행동에 대한 거부를 어떻게 미리 할 수 있냔 말이다. 어떤 행동이나 말을 타인에게 전달하고 싶다면 상대방의 동의부터 구하는 게 먼저가 아닐까?

회사생활 후반전. 남자직원들이 많은 회사에서 전반전을 끝내고 30대가 된 나는 사회가 정의하는 '여직원'이 되어주기 싫었다. "여자라서", "역시 여자들은"이라는 소리를 듣지 않으려고 술을 마시고도 기를 쓰고 취하지 않으려 꼿꼿하게 버텼다. 그리고 여자들의 우정은 얄팍하지 않다는 것을 증명하기 위해 여자 직원들과는 더 신경 써서 관계를 유지하기 위해 노력했다. 눈물을 이용해 위기를 모면한다는 소리가 듣기 싫어 차라리 독하다는 소리를 듣는 것을 선택했다. 더구나 자신의 의견은 주머니에 넣어 두는 게 미덕인 한국 사회에서 자기 주장을 귀찮을 정도로 꺼내 보이는 나를 사람들이 좋아할 리 없었다.

한번은 사무실 바닥 공사를 하는 날이라 퇴근하며 각자 책상에 의자를 올려놓고 가야 했는데 그때 사무실 의자는 '사장님 의자'라 불리는 엄청난 무게의 의자라 같이 일하는 남자직원에게 '함께 들어달라.' 부탁했지만, 평소 여직원들에게 '애교 있는' 행동을 요구하던 그 남자직원과 나는 상극이었던 터라 "남녀 평등한 시대 아닙니까, 특히 현진씨는 그런 부탁 하면 안 되는 거 아닌가요?"라는 말을 듣고 결국은 의자를 올리지 못하고 퇴근했다.

심지어는 "페미니스트 운동가가 되어 보지 그래?"라는 말도 들은 적이 있다. 물론 비아냥거리는 표정은 덤으로 딸려 왔다. 내가 무슨 대단한 페미니스트 정신을 가지고 연설이라도 했으면 그런 말을 들어도 뿌듯했으련만.

회사에서 대화를 나누던 중 TV의 한 쇼 프로에서 진행자가 결혼한 여자 출연자에게 남편에게 보여주는 애교를 보여달라고 말하는 모습을 보고 '왜 남편에게 보여주는 애교를 공식적으로 보여달라고 하느냐. 꼭 여자들한테는 애교 보여달라고 하더라'라는 말을 했다는 이유로 나는 졸지에 페미니스트가 되었다.

'자기피셜'이 분명한 여자에게 호의적이지 않은 것은 비단 남자들뿐만이 아니다. '걸크러쉬', '센 언니'라는 단어 뒤에 숨어 '여적여'를 자처하는 후배들, 여자 동료들은 한결같이 말한다.

"나는 원래 그런 말 못 하잖아. 말 잘하는 네가 대신해줘."
"부럽다. 너는 하고 싶은 말 다 하고 사는 것 같아서."

그들은 상처투성이가 된 나에게 영혼 없는 '쌍 엄지'로 본인들의 편이 되어줄 것을 요구한다. 본인은 그런 말을 못 한다지만 못하는 게 아니라 안 하는 게 아닐까? 그리고 수많은 센 언니들의 등 뒤에 숨어 '나는 불편함을 이야기하지 않는 애교 있는 여자'임을 어필한다. 결국 그렇게 여자의 적은 여자가 된다. 나는 '여적여'라는 말이 남자들의 입에서 나올 때 정말로 슬프다. 여자들까지 여자의 적이 되어 내 주위엔 '적'들만 남아있는 곳, 이것이 내 직장생활 후반전의 풍경이었다.

면접 중에 남자친구도 없는 나에게 '결혼적령기'임을 친절히 알려주시며 2세 계획을 물으셨던 꼰대 사장님, 사내에서 인기가 많아 많은 남자를 만났지만 결국 혼자만 퇴사해야 했던 여자 직원, 사무실에서 "오빠!"라고 하길래 나한테도 "언니"라고 부르라 했더니 그건 또 안 되겠다던 여자 직원, 술만 마시면 도돌이표 되는 "이팀장은 일은 잘하는데 여성스럽지가 못해. 그래서 시집은 가겠어?"라는 식상한 레퍼토리, 업무상 문제만 생기면 '여자들하고 일하기 힘드네!'로 마무리 지어졌던 수많은 비합리적인 결론들.

이런 말을 하면 내 주변의 남자들은 하나같이 이야기한다. "나는 아니지? 나같이 좋은 남자도 얼마나 많은데" 그리고 묻는다. 아직도 그렇게 여자들이 살기가 힘드냐고.

물론 좋은 사람도 정말 많다. 하지만 이런 문제들에 대한 의식이 빠르게 변화하기 힘든 건 단순히 말처럼 나쁜 남자나 좋은 사람이 엄격히 구분되어 있어서가 아니다. 오랫동안 잠재되어 왔던 의식 때문에 '몰라서' 내뱉은 한마디에 누군가 상처를 받았다고 하면 그게 얼마나 상처가 되는 말인지 이해하려 노력하고 사과하면 될 일이다. 그런데 인정하려 들지 않는다. 그 한마디 말이 왜 상처로 여자에게 돌아오는지 도저히 이해하지 못하는 사람이 아직은 훨씬 많다. 회사를 오래 다니다 높은 자리에서 모든 걸 버린 능력 있는 여자 선배가 이런 말을 했다.

"나는 그 어린 초등학생 나이에도 한국에서 여자로 태어난 게 벌이라는 생각을 했다니까"

나는 혐오 사회 라는 말 자체가 너무 지친다. 어떻게 보면 지금이 혐오 사회가 된 것이 아니라 오랫동안 안에서만 내재

되어 있던 혐오들이 분출되는 시대가 아닐까? 이렇게 혐오를 밖으로 분출하다 보면 변하는 날도 올까 싶다.

[82년생 김지영]은 그저 화두를 던진다. 편을 가르자는 게 아니라 이제는 남과 여, 함께 가는 리그이니 내 생각도 한번 들어보라고, 함께 생각을 좀 해보자고. 부디 이런 대화를 통해 말 못 했던 '불편'들을 더 많이 이야기하면서도 서로를 겨냥하지 말고 모두 각자 자신을 돌아볼 수 있었으면 좋겠다.

하루빨리 혐오 사회를 지나 남의 행복에 관심이 없는 사회가 되었으면 좋겠다. 여자의 적은 여자도 아니고 여자의 적은 남자도 아니다. 여자의 적은 '자기 자신'이다. 이왕 싸울 거면 자기 자신과 싸우자. 그리고 더 나아지는 여자로서 똑 부러지게 주장해도 된다.

각자의 불편함을.

쫄리며 살고 쉽지 않아

나는 그날 나를 졸라왔던 바지를 모두 가위로 잘라버렸다.
그리고 사이즈가 넉넉한 바지를 샀다.
더불어 와이어가 없는 브래지어도 몇 개 집어왔다.

쫄리며
살고 싶지 않아

    사이즈에 쫄리고, 고무줄에 쫄리고, 브래지어 와이어에 쫄리는 게 여성성일까? 맛있게 밥을 먹다 와이어에 음식물이 걸려 소화가 안 되는 것 같은 느낌에 브래지어를 푼 적이 한두 번이 아니다.

    이유 없이 몸이 안 좋고 짜증 났던 어느 날, 나는 진지하게 이 짜증의 원인을 생각했던 적이 있다. 바지를 벗었을 때 풀어 헤쳐 지는 긴장감에 문득 '온갖 기준들에 맞춰 쫄리는 삶을 사는데 이깟 바지 따위에도 쫄리며 살아야 할까?' 하는 생각이 들었다. 어쩌면 그동안 작은 사이즈의 바지에 꾸역꾸역 내 다리를 끼워 넣으며 짜증을 업그레이드 시켜왔는지도 모른다고 생각하니 너무 괘씸했다. 이제서야 누군가 정해둔 사이즈에 나를 끼워 넣어 왔다는 걸 알아차리다니.

나는 그날 나를 졸라왔던 바지를 모두 가위로 잘라버렸다. 그리고 사이즈가 넉넉한 바지를 샀다. 더불어 와이어가 없는 브래지어도 몇 개 집어왔다.

중학생 때부터 이십여 년, 나는 왜 그리도 오랫동안 브래지어 와이어로, 각종 사이즈로 내 명치와 허리춤을 틀어막고 살았는지 문득 궁금해졌다. 살이 좀 찐 이후부터는 혹여라도 맞는 사이즈가 있으면 기분이 좋아 사놓곤 했다. 하지만 내장을 쥐어짜는 고통에 손이 잘 가지 않았다. 기성 사이즈에 맞지 않는 내 몸이 원망스러웠다. 내가 원하는 디자인의 옷을 사이즈 때문에 못 입는 게 그렇게 자존심이 상했고, 출근을 준비하며 옷장만 열면 눈물이 핑 돌았다. '내가 그렇게 사회적 기준에도 못 미치나? 내가 그렇게 뚱뚱한가?' 그렇게 시작한 하루는 엉

망진창이었다.

살이 빠진 것 같은 어느 날 가슴 부분이 타이트한 원피스를 입고 출근했는데 집을 나선 지 십 분 만에 나는 집으로 다시 돌아갔다. 지각이 문제가 아니었다. 지하철에서 토할 것 같았기 때문이다. 그 이후로 몸매가 좋든 아니든 누군가가 타이트한 옷을 입고 지나가기라도 하면 인상이 찌푸려졌다. 타이트하고 짧기까지 하면 쳐다보기도 싫어졌다.

요즘 '라지 사이즈'는 '라지'라는 의미와 다르게 넉넉하지가 않다. 그런데 나는 한 치의 의심도 없이 그 사이즈에 나를 끼워 넣고 맞추며 나를 사회가 기준으로 하는 라지 사이즈를 넘겨버린 뚱뚱한 여자로 간주하고 자존감을 구겨 왔던 것 같다.

이제 더 이상 맞지도 않는 기성 사이즈에 나를 끼워 넣고 싶지가 않았다. '사이즈' 하나 때문에 모든 것이 불행했던 그 날 이후 나는 내 사이즈에 모든 것을 맞추기 시작했다. 그리고 나는 사이즈에 더 이상 쫄리며 살지 않게 되었다. 나도 모르게 습관적으로 맞춰왔던 사회적 기준에서 벗어나는 건 생각보다 쉽다. '사이즈'라는건 말 그대로 수치로 표현되는 나의 표면적 형태가 아닌가. 누구나 눈, 코, 입을 가지고 있다고 사람들이 똑같이 생긴 것이 아니듯, 사이즈도 응당 그래야 하거늘 어떻게 정해진 '기성'에 나를 맞춘다는 말인지, 기준에서 벗어나고 보니 말도 안 된다는 생각이 들었다.

나는 이제 더 이상 쫄리며 살고 싶지 않다.
사이즈뿐만 아니라 나를 옥죄는 모든 것으로부터 하나씩 하나씩 벗어날 예정이다.

너는왜
시집하나못가서

"너희들은 자식들이 사줘야 맛있는 거 얻어먹지?
나는 내 돈으로 사 먹어. 자식 자랑 말고 네 자랑할 거 없어?"

너는 왜
시집 하나 못 가서

"남들은 다 가는데 넌 왜 시집 하나 못 가서 이렇게 불효를
하니?"

오랜만에 놀러 오신 친척분이 나를 보더니 대뜸 하신 말씀
이었다. 아, 상처다. 어색하게 웃어 보이며 방으로 들어갔지만,
천하의 불효자가 되어 한 평 공간에 갇혀 있으려니 괜히 비뚤
어지고 싶은 마음이 들었다.

방문을 열고 나가서 "시집 못 가서 엄마가 속이 상하는 게 아니라 시

집 못 간 딸을 부끄러워하는 마음이 문제예요. 전 못 간 게 아니라 안 간 거고요 '시집'이 아니라 '결혼'이라고 말해 주실래요?"라고 따졌다간 "저러니까 시집을 못 갔지"라는 말이나 들었겠지?

주변 사람들이 굳이 나서서 정곡을 찔러주지 않아도 나는 종종 불효자식이 된다. 엄마가 입버릇처럼 하는 말이 있다.

"엄마 친구들은 이제 다 사위 며느리에 손주도 보고 사위가 여행도 보내주고 그러더라. 다들 인생에 변화가 있는데 내 인생에는 변화도 없고 맨날 제자리야, 사는 게 너무 재미가 없어."

한평생 그것이 정답이라 믿고 자식에게 자신을 희생한 당신이라 인생의 재미와 행복을 자식에게서 찾는 것이 어쩌면 당연하다고 머리로는 이해해보려 하지만 그 말을 들을 때마다 마음이 조금씩 무거워졌다. 이유 없이 죄인이 되는 기분이었다. 그리고 한편으론 걱정이 됐다. '나는 내 인생의 재미와 변화를 책임져줄 자식도 없을 텐데 나의 노후는 어떡한담?'

결혼하지 않는 것은 정말 불효일까? 부모님 인생 변화의 중심에는 자식의 결혼과 출산이 있는 걸까? 애틋하게 효녀가 되고 싶은 욕심이야 꿈도 꾸지 않는다만 그동안 나는 그렇게 나쁜 딸은 아니었는데 이제 와서 불효녀가 되자니 여간 억울한 게 아니었다. 나의 비혼이 불효로 변질되는 것이 억울해 친구에게 하소연했더니 친구 부부는 이렇게 말했다.

"결혼하라 해서 하잖아? 그럼 애 낳으라고 또 효도를 들먹여, 애 낳잖아? 딸 낳으면 이제 아들 하나만 더 낳으면 된다고 하고 아들 낳으면 딸도 하나 있어야지 그런다니까!"

친구의 말을 듣고 나니 아득했다. 나는 불효의 릴레이에서 아직 스타트도 끊지 않은 선수였다.

나는 "너희들 때문에 산다"라는 말이 참 무겁다. 이제라도 부디 부모님 당신들의 인생 속에서 행복을 찾으시길 바란다고 말하면 분명 엄마는 요즘 것들은 인정머리가 없다고 말씀하시겠지. 나는 60대가 되어 친구들을 만나면 이렇게 말하고 싶다.

"너희들은 자식들이 사줘야 맛있는 거 얻어먹지? 나는 내 돈으로 사 먹어, 자식 자랑 말고 네 자랑할 거 없어?"

·자유형식·
자기소개서

안녕하세요. 지원자 "이현진"이라고 합니다.
오늘도 수많은 이력서를 검토하시느라 노고가 많으십니다.
그럼에도 불구하고 한자 한 자 정성껏 읽어주시길
당부드립니다.

자유 형식
자기소개서

안녕하세요. 지원자 "이현진"이라고 합니다. 오늘도 수많은 이력서를 검토하시느라 노고가 많으십니다. 그럼에도 불구하고 한자 한 자 정성껏 읽어주시길 당부드립니다.

저는 듣지도 보지도 못한 지방 전문대를 졸업했고요. 대기업 한번 다녀본 적 없습니다. 내세울 건 튼튼한 몸뚱이 하나뿐인데 그것조차 30대가 되고 나니 여의치가 않아요. 이유 없는 각종 근육통에 시달리고 있거든요. 그래서 야근은 싫습니다. 주말 근무는 상상도 못 해요.

205

성격은 또 어떻고요,

싹싹한 거 싫어하고 무계획 생활자인 데다 산만해서 동시에 네 권의 책을 읽습니다. 그것뿐인가요. 평균 매일 두 잔씩 음료를 옷에 쏟습니다. 보통은 칠칠하지 못하다고 하죠? 귀도 얇아요. 누가 한마디만 쓱 묻히고 가도 쉽게 털어버리지 못하고요. 겁은 또 얼마나 많게요? 세상 쫄보 입니다. 그래서 리더십도 없어요. 팀장 무시하는 팀원이 제일 무섭거든요. 근데 또 왜 그런지 쫄보인게 티가 안 난다고 하더라고요? 티 안 나는 김에 쫄보 아닌 척, 겁 없는 척하고 살고 있습니다. 그게 저의 장점입니다.

아 저는 대한민국 평균에서도 한참 떨어집니다. 아니 아예 평균 논외네요. 평균을 논할 만큼도 안됩니다.

그래서 그럴까요?

평균과 보통에서 떨어져 살다 보니 평균에 휩쓸리지 않고 저만의 시각으로 세상을 관찰할 수 있었습니다. 모자라고 부족하게 살아온 저의 날들이 제 재산이 되었습니다. 그래서 아닌 걸 아니라고 말하는걸 매우 잘합니다. "보통이 아니네"라고 말하잖아요? 네. 저 보통이 아니예요. 이것도 저의 장점이 되겠네요.

읽다 보니 화가 나신다고요? 그러라고 쓴 자기소개서는 아닌데.. 구직자들도 화가 나는 경우가 너무 많거든요. 디자이너에게 마케팅까지 하라고 하시면서 연봉은 꼭 깎으시더라고요. 밤새워 일하면 혼자서도 두 명 분량 거뜬히 해낼 수 있죠. 근데 무슨 회사가 일제시대 노동자 부려먹는 감시관도 아니고 너무 비인간적이라고 생각합니다. 부디 저를 인간 대접해 주실 용의가 있으시다면 이렇게 채용 과정에서 구직자들도 화나는 일이 다반사구나 생각하시고 '좋게좋게' 생각해 주시길 당부드립니다.

따뜻한 마음씨를 가진 인사 담당자님이시라 부족한 저를 생각해서 "너처럼 살면 안 된다" 아무리 말해도 입만 아프실 거예요. 내세울 게 없어서 이만 줄이겠습니다. 저를 뽑든지 말든지 인사 담당자님 자유지만 제 이력서에 대고 욕은 하지 말아 주세요. 이렇게 자기소개서를 작성하는 것도 쉬운 일은 아니거든요.

아 그리고 만일 귀사가 가족 같은 분위기라면 부디 저를 뽑지 말아 주세요. 제가 가족 같은 회사에서 일한 경험이 있어서 잘 아는데요. 회사가 정의하는 가족 같은 관계와 진짜 가족의 관계는 분위기가 많이 다르더라고요. 저 말고 귀사에 딱 어울리는 가족 같은 인재를 뽑으셔서 가족 같은 회사 알콩달콩 잘 만들어 가시길 바랍니다.

귀사의 무궁한 발전을 기원합니다.

쓸모없는 것들을 해요

30대 후반,

여전히 막막하지만,

지금의 내가 더 좋아

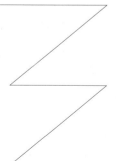

때로는
의외의곳에서
위로를

이제 그 의사 선생님은 나에게 '슈바이처' 이다.

때로는
의외의 곳에서
위로를

위로가 많이 필요한 세상이다. 예상해 보건대 백수는 그 위로가 다섯 배쯤 더 필요한 것 같다. 어느 날 아침에는 밑도 끝도 없이 '아무에게도 연락이 오지 않는 나 같은 건 살 자격도 없어'라며 극도의 불안감이 찾아오기도 한다. 그래서 무기력한, 그 어떤 것도 나에게는 가치 있는 일이 없을 것 같은 어느날 아침이었다. 벌써 3주째 역류성 인후염으로 약을 먹었다. 그 와중에 올겨울만 세 번째 감기가 찾아왔다. 콧물과 가래가내 코와 목구멍을 엄청나게 막고 있는 끈적한 기분, 걸리지도 않던 감기가 백수의 겨울에 세 번이나 찾아오다니 세상의 끝으로 밀려난 기분이었다.

　병원이라도 가야 했다.

　집 근처에 병원이 있지만, 그날은 그 병원을 가고 싶지 않았다. 본인의 말에 토를 달고 궁금한 것을 묻기라도 하면 "환자분과는 말이 안 통하네요, 그만 나가보세요"라며 아픈 환자의 말까지 잘라먹는 의사가 있는 병원이기 때문이다. 그래서 사람들은 그 의사에게 바로 진료를 보지 않고 한 시간을 기다려서라도 원장선생님께 진료를 본다. 나는 몸의 병은 모두 마음의 병이라는 말을 믿기 때문에 마음이 아픈 환자들에게 시비를 거는 의사에게는 진료를 받기 싫어 그 병원은 가지 않는다. 이것이 내가 굳이 지하철로 한 시간이 걸리는 병원에 가는 이유이다.

　특히나 그날 만큼은 누구와 시비 붙고 싶지 않았다. 아니 그럴 힘조차 없는 날이었다. 봄바람을 느낄세라 미세먼지가 내 호흡기를 더럽힌다. 겨울+미세먼지+감기의 조합은 다시는 겨울철에 백수로 살지 않을 것을 다짐하게 한다. 병원에 도착해서 진료를 받았다. "오늘은 어디가 불편하세요?"라는 말이 들려오자 "선생님, 저 가래 땜에 너무 힘들어요"라고 말했다.

역류성 인후염은 가래가 없음에도 가래가 있는 것 같은 이물감과 속 쓰림에 시달리고 목이 쉬는 증상까지, 삶의 질을 떨어뜨리는 아주 고약한 질병이다. 게다가 감기까지 겹쳐 물리적으로 너무 힘든 상태였다. 의사 선생님은 "많이 힘들죠? 아직도 안 나았나 보네. 왜 병원에 오지 않았어요?" 하시더니 진료를 시작하셨다.

내 기분을 끈적하게 만드는 이물질들을 제거하고, 시비나 붙이던 다른 의사들의 아프기만 했던 내시경 치료와는 달리 순조롭고 편안하게 치료를 하고 확인까지 시켜주시며

"자 가래는 없습니다. 그런데 이 질병이 원래 그래요. 오죽하면 어떤 환자는 정신과 상담까지 받을 정도라고 하니까요. 그 기분 알죠. 원래 인·후두 부분이 한번 부식되고 붓기 시작하면 예민해서 계속 신경 쓰이는 거예요."

"인생사 다 그렇잖아요. 나도 스트레스라고 밖에 말할 수가 없네요."

"일단 우리 커피는 딱 한 잔만 드시고 운동을 시작해 봅시다, 규칙적으로 걷기만 해도 아마 좀 편해질 거예요. 미세먼지 많으니까 헬스장 끊어서 그냥 매일 걷기만 하세요."라고 하셨다.

그리고 그림까지 그려가며 왜 이렇게 아플 수밖에 없는지 설명해 주시는데 나는 무슨 인생 명강의를 듣는 것 같은 기분이 들었다. 짜증 났던 기분은 사라졌고 '아 이제 운동을 해야겠구나'라고 0.1초 만에 납득이 됐고, 이게 얼마나 짜증이 나는지 알아주는 선생님이 대단해 보이기까지 했다. 약을 받아들고 병원을 나오는데 이제 병이 다 나을 것만 같은 기분이 들었다.

어떻게 보면 굉장히 보통의 진료였을지도 모른다. 그런데 시기적절한 누군가의 한마디나 혹은 눈빛 같은 아주 사소한 것들은 때론 누군가에게 엄청난 위로가 된다. 그리고 무엇보다 나의 말에 공감을 해주었다는 것은 그 무엇보다 큰 힘이 되었다. 훌륭해지기, 이렇게 쉬운 거였다.

인생의 갈림길에서 방황하는 시간, 그 시간에 따뜻해지기란 쉽지가 않다. 어둠 속에서 내 안의 빛을 밝히는 것은 수많은 경험 속에서 얻은 지혜와 통찰력이 필요하다. 힘든 사람의 빛을 밝히는 것은 어쩌면 정말 사소한 공감과 인정일지도 모른다. 나 자신을 포함한 모두에게 사소하지만 훌륭한 따뜻함을 주는 삶을 살고 싶다는 생각이 들었다.

이제 그 의사 선생님은 나에게 '슈바이처' 이다.

도망치는건 부끄럽지만 도움이된다

온전한 나를 위한 하루는 적당하지 않아도 된다.
나의 넘치는 재능과 끼를 마음껏 분출하며 살아도 된다.
도망치는 건 부끄럽지만 도움이 된다.

도망치는 건
부끄럽지만
도움이 된다

스물아홉이 되던 해에 나는 대한민국을 증오했다.

아주 작은 소규모디자인대행업체의 직원, 을 중의 을인 나는 밤을 새우는 건 기본, JPEG 파일 형식도 모르면서 디자인을 이미지화 해달라는 대기업 직원의 멍청한 '갑질'에 한마디 했다가는 대표님께 혼나는 일이 일쑤. '갑'의 한마디에 퇴근길 도중에 회사로 돌아가는 일은 일상다반사였다.

그렇게 6년의 경력을 쌓고 보니 남자와 여자의 사회적 지위와 대우에 대해, 그리고 4년제 대학 출신과 전문대학 출신에 대한 차별에 대해, 내가 살아가야 할 대한민국에서 나의 존재는 정말이지 총체적 난국이었다. 내 인생에서조차 갑이 되지 못하는 나만으로도 충분히 힘든데 삶에 대한 '의지' 보다는 '포기'를 선택하기 좋은 시스템을 만들어놓은 대한민국이 스물아홉 청춘에게 해도 해도 너무 한다는 생각이 들었다. '갑'과 '을' 같은 단어는 왜 만들어 놔서 이런 세상에 나를 살게 한 건지, 나의 탄생조차 무의미해지는 하루하루가 쌓여 만들어지는 나의 스물아홉 청춘이 피눈물을 흘리고 있었다. 이런 생활에 더 이상 내 미래를 걸고 싶지 않았다.

OECD 국가 중 자살률, 남녀의 임금 차별이 가장 높은 나라, 노동을 가장 많이 하는 나라에서 여자의 사회생활이란 대부분 결혼하기 전부터 결혼까지를 뜻한다. '취집' 이라는 말까지 등장했다. 근데 듣고 보니 이상했다. 그 말의 뜻은 곧 남편이 아내의 고용주가 된다는 말이 아닌가. 결혼이 '동등한 인권을 가진 성인 남녀의 사회적 결합'이라면 '취집'이 아니라 공동대표여야 맞는 게 아닌가?

"대한민국을 떠나야만 한다."

앞 뒤 잴 것 없이 오로지 이 생각밖에 없었다. 6년 경력이 남겨준 이천만 원 남짓한 돈이 나의 미래를 얼마나 행복하게 해줄지 생각해본 결과 나는 차라리 그 돈을 다 써버려야겠다고 결심했다. 그리고 베를린으로 워킹홀리데이를 떠났다. 그렇게 대한민국을 잠시 끊었다.

그렇게 떠나는 나에게 주변에서는 대단하다거나 멋있다는 말로 포장된 인사를 하곤 했지만 나는 알고 있었다. 그들은 떠나지 못하는 게 아니라 떠나지 않는다는 걸. 말로는 "나는 너처럼 용감하지 못하다"고 했지만 나는 용감한 게 아니었다. 절박했다. 한국이 너무 싫었고 나 자신에 대해 생각할 시간이 필요했다. 내일을 바라보며 고통스럽게 사는 현재를 단 하루라도 더 살면 그나마 곧추세우고 있던 정신의 뼈대가 다 부러질 것만 같았다. 다시 한국으로 돌아오지 않을 방법을 찾을 수만 있다면 그렇게 하고 싶다는 생각으로 한국을 떠났다. 악과 화와 증오만 가득 캐리어에 채우고.

베를린에서의 나는 여유로웠다. 아침에 일어나 하는 생각은 오로지 "오늘 뭐 하지?"와 "오늘은 뭐 먹지?" 뿐이었다. 행복이나 즐거움을 위해 노력하지 않아도 되는 날들이 좋았다. '굳이 행복해지지 않아도 되는 게 진짜 행복이 아닐까?'라는 생각을 하며 자유로운 하루하루를 적립했다.

아침에 눈을 떠 가고 싶은 곳이 생기면 주변국을 여행하며 여러 사람들을 만나기도 했다. 어느 날은 비엔나에서 한국인 여자와 비엔나 남자가 동거하는 집에 며칠간 묵게 되었다. 나는 남자에게 어떻게 여자친구를 좋아하게 되었냐고 물었다. 남자는 말했다.

"그녀는 똑똑해요. 유럽 여자들은 그다지 똑똑하지 않거든요. 그녀는 자신의 목표가 있고 그것을 위해 열심히 공부해요."

실제로 그녀는 똑똑했다. 한국에서 일류대를 졸업 후 비엔나에서 석사, 박사학위까지 공부하는 중이었다. 그녀는 한국에서 똑똑한 여자들은 '골드미스' 같은 단어로 포장되어 혼자 잘나서 결혼도 하지 못하는 드센 여자로 보일 뿐, 똑똑함을 인정받지 못한다고 말했다.

오로지 자신을 위한 결정을 하고 그 결정들에 책임을 지며 살아가는 그녀의 모습이 똑똑해 보였다. 똑똑하다는 건 그런 거였다. 공부를 잘하는 게 아니라 자기의 삶을 스스로 선택하고 변화시키며 사는 것. 오로지 나를 중심으로 나와 내 주변의 것들을 바꾸어 나가는 것. 그리고 그것을 사랑하는 것.

지구 반대편, 그렇게 먼 곳으로 도망치고 나서야 내가 떠나온 곳과 나에 대해 제대로 생각해 보게 되었다. 평생을 을로서 살아야 한다는 공포감이 너무나도 컸고, 누가 정했는지 모를 어이 없는 기준 따위에 나를 맞추기 싫었지만 크게 변하기 힘든 사회구조 속에서 마냥 싫어하는 마음만 키워갔던 것 같았다. 그렇게 마냥 싫어하고만 있으면 그 마음이 눈덩이처럼 불어나 절망에 가까워질 뿐이었다. 그럴 때 필요한 것이 '도망'이라고 생각했다. 그리고 그건 꽤나 정확했다. 나는 꽤 적절하게 도망을 쳤고 그 덕분에 문제의 중심에서 벗어날 수 있었다.

멀리서 내가 떠나온 한국을 떠올려 보니 아직 내가 똑똑한 선택을 하고 살아내야 할 것들이 남아있어 보였다. 부모님과 내가 좋아하는 이들이 있는 곳, 그런 곳에서 다시 한번 제대로 살아보고 싶었다. 그렇게 한국으로 돌아왔다. 독일로 출발할 때 캐리어에 가득했던 '독기'는 독일산 핸드크림으로 가득 환전해서 말이다.

일본 드라마 중에 [도망치는 건 부끄럽지만 도움이 된다]라는 제목의 드라마가 있다.

헝가리 속담이라고 하는데, 힘든 상황에서 도망치는 건 부끄럽지만 멀리 떨어져서 보면 또 그 도망이 도움이 될 때가 많다. 오히려 도망치지 않으면 내 안에 악만 가득 남아 내가 화를 내는 건지 화가 나인 건지 모르게 될 수도 있다. 오랜 회사 생활은 나를 도망조차 제때 치지 못하는 겁쟁이로 만들어 놓았다.

그래서 나는 지금 또 도망치는 중이다. 길을 잃어도 잃은 길에서 뜻밖의 영화 같은 행운을 발견했던 나의 독일행 도망처럼 이번 도망도 그렇게 되어가고 있다. 정말 신기하게도 도망을 치고 나서야 나는 내 이야기를 할 수 있게 되었다. 나는 그저 나의 이야기를 했을 뿐인데. 감사하게도 크고 적은 수입도 생기고 있다.

지금 행복하냐고? 당연히 행복하지!

내 손으로 움직이지 않으면 안 되는 소중한 하루하루를 적립하고 있다. 적어도 나는 오늘을 살고 있다. 회사원인 나는 '적당히'가 안돼서 늘 괴로웠다. 그리고 적당히 월급만 받는 사람들이 많은 곳은 재미가 없다.

온전한 나를 위한 하루는 적당하지 않아도 된다. 나의 넘치는 재능과 끼를 마음껏 분출하며 살아도 된다. 도망치는 건 부끄럽지만 도움이 된다.

"30대의혼자는
애써
당당한척하는것

혼자라는 생각의 무게가 20대보다 점점 더 무거워진다.

30대의 혼자는
애써
당당한 척하는 것

외롭다는 생각이 들었다. 사실 외롭다는 단어를 부끄러워
했다.

30대 후반전 여자가 외롭다고 하면 왠지 나를 조금 불쌍히
여길 것 같아서. 그런데 요즘 혼자라서 무서울 때가 많다는 생
각이 든다. 나는 씩씩해서 혼자서 뭐든 잘해나가고 있다고 생
각했는데, 철저히 혼자서 나에게 벌어지는 크고 작은 일들을
해결해 나가야 하는 입장이 되니 문득 겁이 났다.

혼자라는 생각이 들면 겁이 많아지고, 겁이 많아지면 한숨이 는다. 이 어마어마한 두려움이 사랑으로 상쇄가 가능한 것인지 의문마저 든다. 의지할 곳이 없다는 느낌이 바로 이런 것일까? 새어 나오는 한숨을 애써 막아봐도 별수 없는 오늘.

30대 후반의 '혼자'는

이 나이가 되도록 결혼을 못 했다는 은근한 시선 속에서 애써 당당해야 하고, 그럼에도 불구하고 아쉬워 보이지 않는 게 자존심을 지키는 것만 같아 '외로움'이라는 단어는 늘 숨기고 살며, 결혼하지 못한 그럴듯한 이유라도 만들지 않으면 안심이 되지 않아 순간순간 자신을 의심하게 되는,

그런 '혼자'이다.

혼자라는 생각의 무게가 20대보다 점점 더 무거워진다.

구겨지면 펴연되지

구겨져도 괜찮아.
조금 찢어져도 가장자리가 많이 낡아도 괜찮아.
그 누구도 너를 찢어버릴 순 없어.
구겨져있는 너를 너무 사랑해.

구겨지면
펴면 되지

사상 최대의 긴 명절이라고 했다. 복잡한 감정과 기분 탓에 쉼표가 꼭 필요했었는데 5일을 먹고 자고 놀았는데도 5일이 남은 휴가는 정말 꿀같이 달았다. 물론 그 와중에도 나는 무언가를 해야 한다는 징그러운 압박이라는 놈을 하루에 한두 마리 정도는 달고 다녔지만.

왜 나는 제대로 쉬지 못할까? 왜 아무것도 하지 않는 것조차 하지 못할까? 맨날 못하는 것 타령만 하고 있자니 나는 맨날 못하는 사람 같아서 나를 아무것도 하지 않는 사람으로 만드는 수많은 자기계발서와 심지어는 별책부록으로 따라오는 'TO DO LIST 포스트잇'이 징그럽기까지 하다. 언제부터 나는 아무것도 하지 않으면 불안해했을까.

30대라면, 서른여섯이라는 나이에 대한민국 국민이라면 당연하게 이루었어야 할 한국 사회에서의 입지와 위치, 그 무서운 '보통'의 범주에 들지 못해서일까? 그럼 나는 언제쯤 그 보통의 범주에서 자랑스러운 딸이 될까? 이번 생에서 가능하기는 한 일일까? 모두가 먼저랄 것 없이 그 '보통'의 레이스에 뛰어들어 내달리다 보니 일단 뒤처졌는데, 또 자존심은 있어서 내가 뒤처져 보인다는 게 너무 억울했다.

첫째라서 그런 건지, 타고난 성격이라 그런 건지 내 마음속에 늘 걸리는 게 하나 있다면, 부모님에게 자랑스러운 딸이 되고 싶다는 것. 아직 한 번도 자랑스러운 딸이 되지 못해서인지 아무리 누군가가 칭찬과 인정을 내 손에 쥐여줘도 도무지 만족이 안 됐다. 어쩌다 이렇게 제멋대로인 자식을 두셔서 남들처럼 자식 자랑 한번 해보지 못하고 사시는지 늘 안타까웠다. 그래서 어설프게 보통 레이스 언저리에서 따라 달리다가 정신을 차리고 보니 이건 뭐 보통도 아니고 보통이 아닌 것도 아닌 '쭈구리' 같은 내가 저기 서 있는 것이 보였다.

아.. 저렇게 구겨진 애가 아니었는데, 그놈의 '보통' 신경 쓰며 어설픈 '보통 놀이'를 하다 보니 많이도 구겨졌구나 싶었다. 커피소년의 [다리미]라는 노래 가사 중에 이런 대목이 있다.

다 구겨졌어요. 다 해어졌어요.
원래는 빳빳했는데 다 구겨졌어요.
칙칙해졌어요. 빛이 바랬네요.
원래는 고왔었는데 많이 상했네요.
얘가 이렇게 구겨진 애가 아닌데,
삶이란 풍파가 널 구겨지게 했구나.

그렇게 나 자신을 저 멀리 세워놓고 찬찬히 살펴보니, 달리기도 못 하면서 보통 레이스에서 달리느라 맨날 넘어지기만 한 것 치고는 번번이 일어나는 게 기특하기도 하고, 남들은 넘어지지 않는 낮은 턱에도 넘어져서, "나는 남들의 세배쯤은 더 사는 게 힘든 것 같다"라면서 웃고 있는 게 사랑스럽기까지 했다. 그렇게 생각하고 보니 별로 구겨진 티도 안 나고 구겨진 것 따위는 문제 될 것도 없는 게 아닐까?

살다 보면 지쳐서 허우적대기만 하다가 '구깃', 그런 자신이 싫어서 '구깃', 그렇게 불안해서 '구깃', 불안한 마음에 내 갈 길 아닌 길 가면서 '구깃', 그러다 넘어져서 '구깃', 다시 일어나지 못하는 자신이 미워서 '구깃',

온통 구겨질 일 투성이다.

그런데 내가 가장 구겨지는 이유는 그런 세상살이 때문이 아니라, 그런 일들에 쉽게 구겨지는 나를 사랑하지 못하는 마음인 것 같았다. 안 그래도 남들의 세배는 힘든 하루를 잘 버텨내는 자신을 칭찬해주지는 못할망정, 맨날 마음을 구기기나 하는 사람은 다름 아닌 나 자신이라는 생각을 하고 보니, 그 구김살마저 사랑스럽다. 위로하고 토닥여 주고 싶었다.

구겨져 있는 나를 쫙쫙 펴서 꾹꾹 눌러 적어보자.

"어제 그랬던 것처럼 나를 사랑해 주길. 나 자신을 사랑해 주길."

구겨져도 괜찮아, 조금 찢어져도 가장자리가 많이 낡아도 괜찮아. 그 누구도 너를 찢어버릴 순 없어. 구겨져있는 너를 너무 사랑해.

익숙해지면 설렘은 바닥난다

익숙해질수록 설렘은 바닥난다.
그러니 우리는 자주, 되도록이면 종종 낯설어져야 한다.

익숙해질수록
설렘은
바닥난다

전시회를 보려고 강서 끝에서 강북 끝까지 여행을 갔다. 새삼스레 서울은 참 크구나 하면서. 뒤돌아보면 이마를 찧을 만큼 사람이 많아서 눈에 띄는 것들만 보고 나오는데 작가들의 시선을 천천히 즐기진 못했어도 작품을 설명하며 부끄러워하는 모습들이 풋풋해서 기분이 좋았다.

오랜만의 밀폐된 공간에서의 많은 인파로 인한 날숨과 그로 인한 더위 때문에 간절해진 아이스 아메리카노를 찾아 미술관 주변을 배회했다. 커피를 사 들고 공원을 걷는데 특별히 바쁠 것 없지만 설레는 일이 일어나길 바라는 이 상황과 날씨가 마치 스무 살의 어떤 날을 떠올리게 했다.

대학 시절 방과 후 우연히 과 선배를 만났고 하필 그날이 내 생일이어서 함께 술을 마시게 되었다. 나는 그날 우리에게 술을 사주었던 선배와 사귀게 되었다. 그날의 우연은 우리를 인연이라고 생각하기에 충분한 일이었고 나는 이런 우연이 지루한 일상에 꽤 묘한 무드를 만들어 준다는 생각을 했던 것 같다. 그래서 앞으로 내 삶에 이런 우연이 많이 일어나길 하고 바랐었다.

그런데 오늘 이 낯선 장소에서 그 우연이 떠올랐고 왜 좋은 우연은 드라마처럼 잘 일어나지 않는 건지 의문이 들었다.

한 번쯤 만날 법도 한 그리운 사람,
우연을 핑계 삼아 사과라도 한 개 건네야 할 사람,
이런저런 사정으로 미처 연락하지 못하고 그대로 멀어진 사람 등등.

다정한 그 관계들이 새삼스레 그리워 어떤 우연이 생긴다면 오늘 생기면 좋겠다고 생각했다. 괜히 길을 잃은 척 '이 길이 아니네'하고 중얼거리며 기분 좋은 길 잃기를 하다가 이내 슬퍼졌다.

나에겐 이제 얼마 남지 않은 미술관 안의 싱그러운 열정과 겨우 십여 년 전 우연 한 자락에 느끼는 소심한 설렘이 너무 낯설어서, 지금 이런 내가 너무 쓸쓸해졌던 것이다. 이게 내가 할 수 있는 최대한의 설렘이라니 이토록 팍팍한 일상을 보내고 있다니 하고.

나도 다시 그런 설렘을 느낄 수 있을까?

익숙해질수록 설렘은 바닥난다.
그러니 우리는 자주, 되도록이면 종종 낯설어져야 한다.

더 이상
축의금은
내지 않기로 했다

축하는 지출하는 것이 아니고 액수와 축하하는 마음이
비례하는 것도 아니다. 나는 이제부터 내 결혼식에 안 올지라도
축하해주고 싶은 사람의 결혼식만 가기로 했다.

나는 새해부터 세 건의 결혼식 참석을 거절했다.

더 이상
축의금을
내지 않기로 했다

　새해 벽두부터 결혼 소식이 네 건이라니! 이런 일이 다 있냐고 혼잣말을 하다가 문득 그런 생각이 들었다.

　"나는 언제쯤 결혼을 하게 될까? 결혼을 하기는 하는 걸까?"

　어느덧 서른여덟, 한국사회의 기준으로 결혼을 포기했다고 해도 과언이 아닐 나이가 되었다.
　우리는 언제부턴가 결혼자금을 미리 준비해야 한다는 보이지 않는 엄청난 룰에 따라 차곡차곡 돈을 모으고 있었는데 할지 안 할지도 모르는 결혼자금을 모으다니. 새삼 지금까지 결혼하지 않고 지나온 세월을 돌아보니 여간 웃긴 것이 아니다. 이제서야 생긴 단어인 '비혼'을 선택하게 되면 결혼자금은 자동으로 노후자금으로 '변신'할 수 있는 건가?

애초에 결혼자금이라는건 필요 없다고 주장하며 (핑계 대며) 당장 오늘의 행복을 (소비를) 선택해왔던 나인지라 노후에 도움이 될만한 결혼자금도 없지만, 결혼하지 않을지도 모르겠다고 생각하니 지금까지 축하라는 이름으로 지불했던 돈과 사람들이 선명해지면서 결혼 후 소식조차 들려오지 않던 그들의 소식이 새삼 궁금해졌다.

우리나라 축의금의 근원에는 품앗이의 뜻이 담겨있다는데 먼저 축하받고 입 닦으면 장땡이란 말인가. 갑자기 괘씸하다.

이렇게 축하를 돈으로 계산하기에 이르고 보니 나는 앞으로 어떻게 구분해서 현명하게 축하를 지출해야 할지 혼란스러워졌다. 응당 축하를 주고받고 해야 할 일생일대의 중요한 사건을 앞에 두고 계산기나 두드리고 앉은 내 표정이 마음에 들지 않기도 하고, 진짜 기분 좋게 축하해 주고 싶은데 금액부터 떠올려 정리해야 하는 게 어른인가 싶어 쓸쓸해지기도 하고. 그리고 갑자기 몰린 여러 건의 결혼 소식으로 인해 나만 빼고 다들 앞서 나가는 건 아닌지 걱정과 혼란까지 더해져 축하를 계산하는 일이 영 탐탁지가 않다.

해야 해서 하는 게 아니라 하고 싶은 사람이 생겼을 때 하는 게 결혼이라고 생각해왔는데, 이쯤 되니 뭔가 나도 해야만 할 것 같은 불안함, 이젠 너무 늦어서 서두르지 않으면 뒤처질 것만 같은 두려움, 나만 못난 것 같은 자격지심, 뭐 이런 못생긴 감정까지 범벅 되어 머리가 띵했다.

'그냥 적절하게 어딘가의 누군가와 합의를 봐야 하나?' 라고까지 생각을 하니 눈물까지 찔끔했다. 전화 한 통으로 누적된 결혼식의 숫자가, 아니 그 숫자에 놀라 덜컥 집어먹은 겁이 나의 저녁을 망치고 있었다.

얼마 전 고민 끝에 '그냥 알고 지내는' 친구의 결혼식에 참석했다. 그리고 사회가 기준하는 적절한 축의금도 내고 밥도 먹었다. 얼마 후 그 친구와 함께 커피를 마시던 중 친구가 이런 말을 했다.

"세상에 나보다 직급도 높으신 분이 축의금으로 오만 원을 냈더라니까! 그건 좀 아니지 않니? 진짜 실망했어."

나는 뜨끔했고, 결혼하지 않은 다른 친구는 나를 쳐다봤다. 나는 그 순간 이런 생각을 했다.

'아 가지 말걸.'

굳이 시간을 내서 참석한 하객을 액수만으로 정렬하는 것이 축하의 의미가 된 사회가 너무 안타까웠다. 그리고 그런 결혼식이라면 역시 내 스타일은 아니라고 생각하며 그 친구와 헤어졌다.

축하는 지출하는 것이 아니고 액수와 축하하는 마음이 비례하는 것

도 아니다. 나는 이제부터 내 결혼식에 안 올지라도 축하해주고 싶은 사람의 결혼식만 가기로 했다.

　나는 새해부터 세 건의 결혼식 참석을 거절했다.

느린게
더좋아!

선물을 준비하고 있다.
친구가 좋아하는 커피도 담고 편지도 담고 갖고 싶어 했던
아기 손도장도 만들어줄 생각이다. 빠르진 않지만,
더 고민하고 골라서 다 담아줄 예정이다.

느린게
더 좋아!

왠지 목소리가 듣고 싶어 무심코 통화 버튼을 눌렀는데 마침 그날이 친구의 생일이었던 적이 있다. '그래 이맘때쯤 생일이었지' 하고 친구의 생일이 기억났다. 그나마 디지털과 아날로그 그 경계에 내 어릴 적 추억이 있어서 그런지 좋아하는 친구의 생일쯤은 카카오톡 알람 없이도 기억하고 있다는 게 새삼스레 든든했다.

더 많고 빠른 지식과 더 새로운 것을 찬양하는 세상, 알아내려고 정성스레 노력하지 않아도 알고 싶지 않은 것에 대한 정보까지 쓸데없이 알게 된다. 몇 번의 터치에 그 사람의 일상 속속들이 알 수 있는데 생일쯤이야.

내가 하는 일들과 추구하는 것들은 주로 오래 고민하고 느리게 작업하는 것들이다. '디자인'이 그렇고 '캘리그라피' 또한 그렇고 '글쓰기'가 그러하다. 손으로 꾹꾹 눌러 정성스럽게 써야 하는 것들, 열번이고 백 번이고 느리게 반복하며 그 깊이가 더해지는 것들. 어쩌다 보니 그런 것 들을 추구하며 살게 되었다. 느린 일을 하고 살아서 그런지 쉽게 알게 되는 정보는 왠지 그 의미도 점점 쉬워지는 것 같다는 생각이 들었다. 작은 동그라미 하나만 몇 번 터치하면 편리하게 선물이 그 사람의 손으로 도착한다. 쉽고 빠르다. 하지만 그 빠름, 사람이 직접 전해주는 것들에서 전해지는 감동이 빠져있다.

친구와 통화를 끝낸 후 선물을 보내주기로 했다. 정성이 담긴 선물을 만드는 것은 비교적 나에게 유리한 일이기도 하고 오래된 친구여서 그런지 지금 당장 터치 하나로 보내줄 수 있는 선물보다는 받았을 때 감동적인 선물을 해주고 싶다고 생각했다. 통화하며 친구는 "우리 나이에 무슨 생일 챙기냐"라고 했지만 그래서 더욱 챙기고 싶었다. 어릴 적 큰 박스에 받는 친구가 좋아하는 것들을 가득 담던 그때가 생각났고 그 선물을 받았을 때의 감동 얼마나 잊고 살았나 싶어서.

많이 생각하고 오래 고민하고 느리게 고른 선물이 그리운 건 왜일까. 일명 '시티폰'이 반에서 몇 명밖에 없던 고등학교 시절을 함께 기억하는 친구는 서로에게 추억의 증인이 되어준다. "맞아! 맞아!"라고 말해줄 수 있는 사람, "그때 기억나?"라고 하면 "장난하냐? 완전 기억나지!"라고 맞장구쳐줄 수 있는 존재의 소중함이 예상치 못한 소나기처럼 퍼붓는 날이었다.

친구와의 수다는 따뜻하다. 딱딱하게 굳은 마음을 녹여 말랑말랑하게 만들어 주고 말랑해진 마음은 닳고 있는 감성을 두둑이 충전시켜 주는 보조배터리 같았다. 정말 놀라운 것은 마음이 따뜻해지면 정말 체온이 올라가는 기분이 든다는 것이다.

이 따뜻한 마음을 꾹꾹 눌러 담아 선물해 주고 싶은 사람이 아직 남아 있음에 감사하게 된다. 선물을 떠올리면 함께 떠오르는 것들이 늘어났다. 선물 속에 배려와 애정이 담긴다. 받을 걸 계산하지 않아도 되는 선물은 '기브 앤 기브'라도 행복하다.

선물을 준비하고 있다.

생일이야 지났다지만 생일 아닌 날 받은 선물을 더 기쁠 테니까. 친구가 좋아하는 커피도 담고 편지도 담고 갖고 싶어 했던 아기 손도장도 만들어줄 생각이다. 빠르진 않지만, 더 고민하고 골라서 다 담아줄 예정이다.

"30대, 로맨스가더필요해

나의 악상자에는 네 개의 로맨스 영화가 있다.

30대,
로맨스가 더! 필요해

주변을 둘러보고 TV를 봐도 20대의 연애만 조명될 뿐 30대의 연애는 잘 언급되지 않는다. 나는 그게 항상 의아했다. 연애하지 못하는 것은 나뿐인 걸까? 아니면 30대의 로맨스는 아무도 궁금해하지 않는다는 것일까?

나만 그런지 모르겠지만 로맨스 영화란 그저 '킬링타임' 용이었던 20대와 달리 이렇게 로맨스가 아득해진 지금의 나에게는 가끔 챙겨 먹어줘야 하는 영양제 같은 것이 되었다. 30대의 로맨스 따위는 언급조차 되지 않는 삶이 너무 건조해 부스

러질 것만 같을 때 하나씩 꺼내먹는 고함량 비타민 같은 것이
랄까?

취향도 식성도 까다로워지는 깊고 깊은 30대 골짜기까지
와버린 나는 요즘 하루가 다르게 삶이 버거워지고 가벼워 지
려야 가벼워질 수 없다. 알려고 하지 않아도 눈치로 알게 되고
때로는 너무 알게 되는 내가 피곤해서 이것저것 몰랐던 내가
그리워진다. 무엇보다, 나도 모르게 어떤 것에 마음을 통째로
줘버리는 일이 드물어 나 다시 설렐 수 있을까, 걱정되는 날이
많아진다.

나의 약상자에는 네 개의 로맨스 영화가 있다.

'아도르'라는 내 또 다른 이름은 영화 [이프 온리] 덕분에
생겼다. 남자 주인공 '이안'은 사만다에게 사랑한다는 말을 "I
adore you"라고 표현했는데 이 영화를 보고 나는 정해진 사
랑의 표현보다는 둘만의 언어가 더 로맨틱하다는 생각을 처
음 하게 됐다. 'adore'라는 단어는 발음이 예쁘기까지 해서 나

의 영어 이름이 되어 지금까지 쓰고 있다.

영화 [스턱 인 러브]의 "넌 나를 덜 냉소적이게 해"라는 대사는 '세상을 더 살수록 냉소적이 되지 말자'라는 나름의 철학을 갖고 있던 나에게 운명적으로 들려왔다. 우리를 냉소적으로 만드는 세상 속에서 나를 조금 덜 냉소적으로 만들어주는 사람이라니, 그거야말로 운명이 아닐까.

내 세 번째 비타민은 영화 [러브로지]

누군가를 사랑하는 마음은 바로 이런 것이 아닐까 하는 생각이 드는 영화이다. 다른 것도 아닌 내 인생마저 내 생각과 다르게 흘러가는 걸 지켜보며 쓸쓸해지는 마음을 채워주는 유일한 것은 나를 온전히 이해해 주는 사람이라고 영화는 말한다. 각자 자신의 인생을 살아내느라 엇갈리고 멀리 돌아오는 길에 다시 만난 로지에게 알렉스가 쓴 편지는 언제고 나의 비타민이 되어 준다.

"로지, 너는 심장이 뛰는 매 순간마다 너를 사랑하는 사람,

너를 계속 생각하는 사람, 너가 하루종일 무엇을 할까, 어디 있을까, 누구랑 있을까, 괜찮을까 매일 매시간을 생각하며 보내는 사람의 사랑을 받아야 마땅해."

그리고 마지막 영화 [베스트 오브 미]이다.

남녀 주인공은 이십 년이 흘러 열아홉의 첫사랑을 다시 만나게 된다. 마흔 즈음에 아직도, 여전히 사랑하고 있는 사람을 만나는 것은 어떤 기분일까. 운명을 믿지 않는다고 말하지만 죽을 고비를 넘기는 순간에 떠오르는 얼굴 그 사람 때문에 살아지더라고 영화 속에서 말한다. 나는 사십 대가 되어도 그런 사람 하나 떠올릴 수 있는 낭만을 절대로 가지고 싶다.

영화에서 여자는 말한다.

"어렸을 땐 삶에 맹목적인 믿음을 가졌었고 느낌대로 되곤 했지, 그런데 이제 안 그래"

그런 여자에게 차에서 늘 듣던 둘만의 약속 같은 노래를 틀어주며 남자는 말한다.

"이제 더 이상 운에 맡기지 않을 거야"

절대적으로 믿어 의심치 않았던 것들이 그게 아니었다는 걸 알게 되었을 때 나는 더 이상 빠져나갈 수 없는 30대의 깊은 골짜기에 와 있었다. '여전하다', '역시 생각대로다'라는 말들 대신 '세상엔 없다', '아니다'라는 말만 들려오는 이 깊고 깊은 골짜기는 너무 각박하고 외롭다. 사람들로 북적거리는 울창한 숲을 지나 도대체 다들 어디로 갔는지 낯선 골짜기에서 나 혼자인 것만 같을 때 생각만으로도 심장이 뜨끈 거리는 로맨스가 더더욱 필요하다는 생각이 들었다.

로맨틱 코미디는 비록 우리가 꿈꾸는 것들만 모아놓은 영화이긴 하지만 그 대사들은 단순히 멋져 보이려고 쓰여진 게 아니라 진심으로 마음을 관통하여 쓰여진 말들이다. 사회적 나잇값 해내느라 '영화 같은 로맨스를 꿈꾸고 있다'라고 말도 못 한다. 말 해봐야 "저러니 결혼 못 했지"라는 소리나 들을 게 뻔하다. 그런데 어쩐지 너무 쓸쓸하다. 나이에 맞춰 내 로맨스도 깎여지고 줄여지는 것 같아서.

그러니까 30대, 로맨스는 더 필요하다.

'철없다'는 말로 내 로맨스를 깎아내려도 나는 그냥 영화 같은 로맨스들이 세상에서 가끔은 일어나고 있지 않을까? 라고 생각하고 싶다. 내 마음을 관통하는 오직 나만의 로맨틱한 영화들이 내 약상자에 있으니 이제, 로맨틱해질 일만 남았다. (고 믿고 싶다)

쓸모없는것을 해요

우리 모두 부디, 쓸모없는 것을 해요.
쓸모를 생각하지 않고 아이의 마음으로 즐거워하는 일,
복잡한 생각이 없어지는 일, 바로 그런 일 말이에요.

쓸모없는 것을
해요

"생각 정리할 시간이 필요해."

쉴 새 없이 밀려드는 생각에 나는 자주 생각할 시간이 필요하다는 말을 한다. 생각을 시간까지 내서 해야 할까? 생각이 정리되긴 하는 걸까? 굳이 시간을 비우고 장소를 정해 생각을 정리하려 하면 또 걱정이 밀려온다. 내가 지금 뭘 하고 있는 건지 쓸모없이 시간만 낭비하는 건 아닌지 괜히 헛헛한 마음에 SNS를 확인한다. 다른 사람들은 얼마나 쓸모 있는 것들로 오늘을 채우고 있는지 궁금해진다. 그러나 다른 사람의 쓸모

에 자극받아 봐야 나의 쓸모 없음만 더 확대될 뿐이다. 생각
정리는 늘 그렇게 실패로 돌아간다.

그럴 땐 쓸모없는 것에 집중한다.

몰입하게 된다. 시선은 쓸모없이 하는 것에 집중하지만 머
리는 자유로워져 오히려 생각이 정리된다. 어차피 걱정해도
해결되지 않을 문제임이 곧 선명해 지면서 머리가 맑아지고
기분은 한결 산뜻해진다.

쓸모없는 일이란 결과가 기대되지 않는 일이다. 잘되면 좋
고, 실패해도 그것으로 웃을 수 있는 일로, 성공과 실패가 무
의미해지는 것이다. 미래에 도움이 되는 일인지 아닌지 계산
해 볼 필요가 없고 내가 잘 하고 있는 건지 중간에 멈춰 생각
하지 않아도 되는 일이다. 못해도 자존심 상하지 않고 남들이
뭐라 할지 걱정할 필요가 없다. 몰입하던 도중에 밥을 먹어도
되고 하기 싫어지면 그만둬도 된다. 쓸모없는 것으로 인한 몰
입은 이유나 쓸모를 찾을 필요도 없이 시작되며 이 일이 나의

발전에 도움이 되는 일인지 아닌지 계산기를 두드릴 필요도 없다.

프리랜서가 되었다. 자의 반 타의 반으로 해야 할 일이 많은 날보다 할 일이 없는 날들이 더 많아졌다. 해야 할 일이 하나도 없다는 것은 본격적으로 '나'에 집중해 정리하지 못했던 내 생각을 정리할 시간이 생겼다는 뜻이지만 '불안한 마음'이 번들처럼 따라다닌다. 해야 할 일이 지독히도 없던 어느 날 불안한 마음을 떨치기 위해 칼로 지우개를 썰다가 나도 모르게 몰입해서 같은 크기의 조각으로 자르기에 엄청 몰입한 적이 있었다. 세상에, 시간이 한 시간이나 흐른 것이다. 정말 쓸모없는 것을 하는 동안 불안한 마음의 공백이 한 시간이나 생기고 나니 방금 내가 얼마나 불안했는지가 잊혀졌다. 쓸모없는 것으로 인한 몰입이 오히려 내 불안을 떨치는 쓸모가 될 줄이야.

"스탬프를 만들어야겠어!"

나는 화방에 달려가 조각용 지우개를 몇만 원어치나 사 왔고 할 일없는 3일 내내 엄청난 양의 지우개 스탬프를 만들었다. 의외로 쓸모없는 것에 몰입하는 동안 나는 '무언가를 하고 있다'는 생각이 들었고 아무것도 안 하는 나보다는 덜 불안해하는 나를 발견했다.

우리는 언제나 잘하는지 못하는지 끝도 없이 남과 나를 비교해야 하는 세상 속에 살고 있다. 하루라도 인생을 낭비하면 '루저'가 되고 '인싸'가 되지 못하면 아웃사이더가 되고 '댕댕이'가 뭔지 모르면 아재로 밀려난다. '쓸모 있는' 사람이 되기 위해 우리는 오늘도 촌각을 다투며 나의 쓸모를 찾는다.

그런데 그 쓸모 있는 일 중에 내가 있는지 잘 생각해 봐야 한다. 진짜 내가 간절하게 하고 싶어 하는 일인지, 쓸모만을 위해 내 생각은 깜빡 잊은 건 아닌지 말이다. 아무리 쓸모 있는 일을 시작해도 그 속에 내가 없으면 오래 지속할 수 없고 만족할만한 '쓸모'를 발견할 수 없지 않을까?

등수를 매기지 않아도 되고 잘하는지 못하는지 신경 쓰이지도 않는 '쓸모없는 것' 그것만이 나에게 도움이 된다. 나에게 '글쓰기'도 아무도 보지 않는 공간에서 "임금님 귀는 당나귀 귀"라고 말하는 것 같은, 아주 확실하지만 쓸모없는 나만의 일이었는데 '남보다 잘 써야 한다'는 생각이 들고부터는 글을 쓰면서도 자꾸 못 쓰는 글 같아 잘 쓰는 사람들과 나를 비교하게 되어 예전보다 쉽지 않은 일이 되었다.

우리 모두 부디, 쓸모없는 것을 해요. 쓸모를 생각하지 않고 아이의 마음으로 즐거워하는 일, 복잡한 생각이 없어지는 일, 바로 그런 일 말이에요.

"피고
말고
낭만"

언제부턴가 무언가를 보고 울컥하는 횟수가 많이
줄어든 것 같다. 분명 나를 설레게 했던 것들이 참 많았는데
이렇게 낭만을 점점 포기해 가는 게
어른이 되어가는 것이라 한다면 어른이 되기를
조금이라도 늦춰야 하는 게 아닐까 싶다.

피곤
말고
낭만

몇 해 전 [낭만닥터 김사부]라는 드라마에서 가슴이 뜨거운 의사 김사부가 마지막으로 던진 대사가 있다.

"우리가 왜 사는지, 무엇 때문에 사는지에 대한 질문을 포기하지 마라. 그 질문을 포기하는 순간, 우리의 낭만도 끝이 나는 거다. 알았냐?"

"다들 그렇게 살아"라고 한다. 당연한 듯 남들이 하고 사는 것들을 하나둘 해가다 보면 우리는 문득 내가 왜 사는지, 무엇 때문에 지금의 나를 선택했는지 궁금해진다. 하지만 너무 많이 와 버려 다른 길로 갈 용기도 없는 지금 머리 아픈 질문을 해봐야 소용없다는 생각에 이내 질문을 거둔다.

버티는 게 답이라던 회사를 나는 더 이상 버티기 싫었고 남들 다 하는 결혼 나는 왜 해야 하는지 몰라 아직도 내 인생에 적용해야 할지 말아야 할지 고민 중이다. 이렇듯 아직도 남들처럼 살지 않는 나에게는 너무 쉽게 버려지는 낭만들이 아쉽고 애틋했다. 왜 사람들이 자기 자신에게 더 이상 질문하지 않는지, 하고 싶은 게 없어지는 걸 슬퍼하지 않는지 궁금했다. 이것저것 포기하고 현실과 타협하는 내 주변 사람들을 지켜보는 게 너무 안타까웠고 사는 게 다 그렇다는 말 한마디로 위로된다는 게 슬펐다. 사는 것, 다 그렇지만도 않은데.

2008년 6월, 20대 후반이라면 누구나 그렇듯 나는 나의 직업에 대한 고민이 많은 시기였다. 디자이너로서 이 길이 나에게 맞는 길인지, 실력은 어떤지 등의 걱정으로 한참 잠 못 이루던 즈음이었다. 당시 좋아하던 책 [상상력에 엔진을 달아라] 라는 에세이를 쓴 디자인과 교수님이자 작가님께 무작정

메일을 보낸 적이 있다. 자격지심으로 똘똘 뭉친, 어느 어린 디자이너의 잠 못 이루는 고민에 교수님께서는 며칠이나 고민 끝에 장문의 답장을 보내주셨다. 그 마지막 문장은 이랬다.

먼저, 디자이너로서의 태도와 치열함이 있었는가를 먼저 고민해 보시기를 바랍니다. 분명한 것은 배울 준비가 된 사람에게만 스승이 나타나는 법입니다. 힘내시고요.

행복을 아리스토텔레스가 정의하길 '자신의 능력을 온전히 발휘하는 것'이라 했습니다.

행복하시길 기원 합니다.

－ 임헌우 dream

나는 아직도 그 메일을 보관하고 있고, '나도 이렇게 치열하게 고민하던 낭만이 있었지'하고 읽을 때마다 마음이 울컥한다. 지금 생각해보면 한 대학의 교수님이자 작가님께서 듣지도 보지도 못한 독자의 어린 고민에 프린트까지 해서 읽고 고민 끝에 답변까지 해주신 이유는 아마도 간절함이 담긴, 낭만을 잃어버리지 않은 태도 때문이지 않을까?

언제부턴가 무언가를 보고 울컥하는 횟수가 많이 줄어든 것 같다. 분명 나를 설레게 했던 것들이 참 많았는데 이렇게 낭만을 점점 포기해 가는 게 어른이 되어가는 것이라 한다면 어른이 되기를 조금이라도 늦춰야 하는 게 아닐까 싶다.

나에게 물어야 하지 않을까? 나의 삶은 어디에서 가슴이 뛰고, 무엇을 위해, 왜 사는지를 말이다. 그렇게 끊임없이 틀린 답을 내놓다 보면 나도 모르게 가슴 뛰는 일이 생길지도 모를 일이다. 그렇게 낭만을 자꾸 발견하고 생각하다 보면 그곳에 진짜 나를 설레게 하는 다른 삶이 있을지도 모를 일이다.

야근이 끝난 어느 늦은 밤 택시를 탔는데 기사님이 이런 말씀을 하셨다.

"요즘 사람들은 불쌍해, 순정이 없어 낭만도 없고.. 얼마나 살기가 팍팍 할 거야. 세상도 점점 더 각박해지는데."

빠르고 편리한 것만이 점점 더 각광받고 나보다는 남의 시선이 더 중요한 삶이 얼마나 나를 빨리 닳게 하는지 몸으로 직접 느끼던 때라 창문 밖으로 펼쳐진 한강의 야경과 기사님의 말 한마디가 섞인 그 새벽 풍경이 잊혀지지가 않는다.

김수영의 '달밤'이라는 시가 있다. 피로를 알게 되었고 서슴지 않고 꿈을 버리는 서른아홉의 슬픔을 노래한다. 피로한 건 어쩔 수 없다 해도 작은 꿈 하나 남겨두고 간직해도 되지 않을까? 점점 더 빠듯하고 건조해질 일만 남은 시대에 어쩌면 더 필요해질지 모른다. 포기하지 않은 우리의 낭만 말이다.

싹싹하지 않아도 충분히 잘 하고 있습니다

초판 발행 2019년 08월 06일

글 이현진
펴낸이 조광환
펴낸곳 프로작북스

ISBN 979-11-963695-9-0 03810

주소 인천광역시 부평구 장제로 163
전화 010-2090-8109
팩스 02-6442-4524
이메일 luffy1220@naver.com
등록 제 2019-000008호 (2017년 6월 21일)